AQUELE RAPAZ

JEAN-CLAUDE BERNARDET

Aquele rapaz

Posfácio
Roberto Schwarz

Copyright © 1990 by Jean-Claude Bernardet

Capa
Sílvia Ribeiro

Foto de capa
Interim Landscape, 1989.
© Bill Jacobson/A+C Anthology

Revisão
Olga Cafalcchio
Carmen S. da Costa

Dados Internacionais de Catalogação na Publicação (CIP)
Câmara Brasileira do Livro, SP, Brasil

Bernardet, Jean-Claude
 Aquele rapaz / Jean-Claude Bernardet ; posfácio Roberto Schwarz. — São Paulo : Companhia das Letras, 2003.

ISBN 85-359-0424-7

1. Romance brasileiro I. Schwarz, Roberto. II. Título.

03-5359   CDD-869.93

Índice para catálogo sistemático:
1. Romance : Literatura brasileira   869.93

[2003]
Todos os direitos desta edição reservados à
EDITORA SCHWARCZ LTDA.
Rua Bandeira Paulista 702 cj. 32
04532-002 — São Paulo — SP
Telefone (11) 3707-3500
Fax (11) 3707-3501
www.companhiadasletras.com.br

AQUELE RAPAZ

Queria falar de um rapaz, quanto tempo que nos encontramos e que nos vimos pela última vez, se tanto é que houve última vez, décadas. Era um menino, como eu. A guerra tinha acabado havia pouco. Meu irmão e eu íamos à escola pela primeira vez, eu tinha quase dez anos, até então tínhamos estudado com uma professora em casa. Não lembro se vestíamos o uniforme do Sainte Barbe — colégio de surrado trocadilho —,* nem sei se havia uniforme, mas usávamos um guarda-pó preto que nos cobria até a fronteira das meias altas que saíam dos sapatos com espessas solas de madeira e subiam pelas nossas pernas esfriadas até o joelho. No primeiro ano, meu irmão e eu éramos externos, passamos para o internato no ano seguinte. Em geral vive-se o internato como uma penali-

---

* Ao pé da letra: Santa Barba. Em francês coloquial, "quelle barbe" significa "que maçada".

dade. Eu não. Era um alívio. Estávamos em formação na porta da sala de aula, aguardando a ordem de entrar. O cheiro de um peido se espraia. Risos e acusações chispam. Você. Foi ele. Eu não. Um árabe, bem mais alto e provavelmente mais velho que nós, resolve pôr a situação a limpo e vai nos cheirando o peito à altura do plexus solar. Conforme ele, essa técnica não falha. Vai de um em um, concentrado. Chega a mim. "É ele!" Consternação. Era. Mas, apesar de situações como essa, teria preferido ficar no colégio nos fins de semana — de sábado à tarde até domingo à noite —, mesmo que só na companhia dos poucos alunos impedidos de sair por punição, ou porque as famílias não os queriam, ou porque, em decorrência da guerra, não tinham para onde ir. Mas nós, o regulamento nos mandava passar o domingo com a família.

Esse rapaz, seu nome? Teria sido um dos amigos de maior importância da minha vida? É possível, sem que o tivesse percebido, ou admitido. Éramos colegas de classe, mas não guardo dele nenhuma imagem na sala de aula, nem no refeitório ou no dormitório, só no alpendre, espaço coberto, escuro, úmido. Entrando no colégio, passava-se por um corredor com a portaria, as secretarias e o locutório distribuídos de cada lado, e chegava-se a um pátio mais ou menos quadrado. À esquerda, portas e janelas de salas de aula, à direita, no mesmo plano da porta, o alpendre. Em frente, outro bloco de salas de aula, provavelmente o refeitório, com os dormitórios em cima. Debaixo do alpendre, garotos gritando e correndo amontoavam-se nos dias de chuva. Mas ele e eu ficávamos parados conversando no frio, no meio da multidão, ou quase sós se os outros brincavam de bola ou de pega-pega. Era meu amigo, por quê? Identificava-me com ele, era o único dos meus colegas. Seus pais, como muitos, se tinham divorciado logo depois da guerra, ele vivia com a mãe. Acho que vez por outra o pai o visitava. Era esse divórcio que me identificava com ele, o único com quem sentia que podia falar das minhas angústias, tínhamos problemas semelhantes. Era feio, acho, o rosto arredondado, bochechas cheias, grandes olhos um tanto salientes, cabelos pretos caíam-lhe sobre a fronte. Tinha um aspecto diria molenga, sorriso e gestos adocicados, mas no olhar e no sorriso uma ternura desamparada. Andava arrastado, retorcendo vagamente o corpo. Era o único porto aonde eu podia chegar, mas não deixava de sentir certa repulsa, é quase certo. Por causa dessa moleza, dessa fraqueza. Ele adorava a mãe. Os colegas caçoavam dele, chamavam-no menininha, mocinha. Acho que eu também pensava isso dele, mas sem perceber, acredito. Não simpatizava com ele, tenho quase certeza, mas me identificava com ele. Só a ele podia repetir indefinidamente o quanto sofria.

A professora de latim chamava-se Mademoiselle Déroulède. Meus pais — ou assim chamados — estimavam-na porque era sobrinha de algum Déroulède que tinha sido presidente da república ou senador ou deputado. Fui falar com ela porque achei que podia ser uma tábua de salvação, ou porque meu pai me recomendara que o fizesse. Era alta e sempre encimada por um chapéu com um veuzinho de renda a cobrir-lhe os olhos. Nunca o tirava, por falta de cabelos, caçoávamos. Ergui meu nariz em direção ao véu e disse, com voz embargada que mal lhe chegava aos ouvidos, que queria conversar com ela. Num final de aula solicitou que ficasse para conversar. Foi depois da história da pena: tinha pedido, a fim de exercitar o nosso talento caligráfico, que apoiássemos bem forte no caderno para fazer lindos grossos bem cheios e delicadamente relaxássemos o esforço para os elegantes finos. Me empenhei. Tanto que a pena quebrou. Não participei das lindas caligrafias que os outros desenhavam para satisfação da professora. Só coisas assim me aconteciam no colégio, além de não conseguir decorar declinações e conjugações, apesar de gostar da aula de latim, a única de que gostava. Ela disse que me achava sempre só, que deveria brincar mais com meus coleguinhas, me enturmar, me faria bem, por que não participava do coral? Só desafino. Pediu que me aproximasse dela, cantei o início de algum *Frère Jacques*: você vê que está afinado. Esse era o drama. Meu pai tocava piano. No quarto de meus pais, de altíssimo pé direito, reinava imenso piano de cauda e num silêncio recolhido ouvíamos meu pai tocar. Meu irmão e eu tivemos em casa professora de piano durante anos, acho que cinco anos. De vez em quando, à noite, meu pai pedia-me que tocasse alguma peça simplificada de Mozart ou de Bach, e elogiava-me sorrindo. Mas as aulas de piano eram torturas. Nunca acertava o ritmo, nunca conseguia tocar olhando a partitura sem baixar a vista para o teclado. O ditado era terrível: de costas para o piano, ouvíamos as notas soltas da professora e tínhamos que identificá-las. Após o toque, silêncio. Ela tocava novamente. Eu tentava a sorte, e errava. Batia na tecla repetidas vezes, com impaciência. Outras tentativas da minha parte não melhoravam a situação e então a varinha me pegava na bunda ou, levemente, nas mãos, não se pode estragar as mãos de um futuro pianista. Meu pai parou de tocar após ter cortado o nervo de um dedo consertando o carro. Tocava-se tanto, amava-se tanto a música em casa, que nunca fui capaz de tocar nem de cantar. Nem de memorizar melodias, nem de ler partituras. Em casa, antes de ir para o colégio, não tinha prazer com música, mas em compensação outra atividade artística me ocupava tardes de concentração. Escrevi um romance que chegou a doze páginas de uma caligrafia miudinha. Era a história de um menino pobre e infeliz. Morava numa casona mas refugiava-se no sótão empoeirado e abarrotado para encontrar a felicidade. Não me lembro dos detalhes. Lembro, sim, e disso tenho certeza, da estrutura da narrativa. Esse menino tinha sentimentos, geralmente tristes mas não só, e eu, autor, não devia expor tais sentimentos, mas descrever uma cena que sugerisse os sentimentos sem ter nada a ver com o enredo. Duas partes pelo menos foram escritas assim, a situação encaminhava o menino para um estado de tristeza e daí passava-se para a descrição de um lago numa paisagem de bruma, muita névoa e salgueiros cujos ramos mergulhavam na água; em outra situação descrevia-se a evolução de uma bailarina lânguida com seu esvoaçante tutu branco — o que sabia eu de bailado romântico? Devia ter visto alguma fotografia. Guardei esses folhetos e, depois da guerra, li o romance em voz alta para minha avó que teve a paciência de me ouvir até a última linha. Sua reação pouco entusiasta me decepcionou. Minha avó não devia ser dada a literatura. Ainda tenho secreta simpatia por aquele "romance" pois muito mais tarde reencontrei sua estrutura em obras que aprecio particularmente.

Falei da minha situação familiar com Mlle. Déroulède, do divórcio de meus pais, da madrasta de quem não gostava. "Pobrezinho", ela se condoeu. Já era alguma coisa. Talvez por isso e por ser sobrinha de quem era, meu pai a convidou um dia para almoçar. Podia me confessar com ela, mas ela não podia ser minha aliada. Nunca cantei no coro. Aliado, só o rapaz feio de quem não sei se era amigo. Identificava-me com ele, gostava dele, ficava com ele e a zombaria dos colegas não me afastava, e no entanto devia haver um abismo entre ele e mim — por causa de seus modos moles e provavelmente efeminados, sem que eu tivesse a menor idéia do que pudessem ser modos efeminados, nem conhecia a palavra. Terá sido por isso que não o convidei para almoçar em casa? Nunca poderei responder.

Meu pai pediu que meu irmão e eu, num domingo, convidássemos cada um o nosso melhor amigo. Eu convidei outro rapaz que não ele. Porque quis enganar meu pai. Intencionalmente. Apresentar o melhor amigo aos pais é revelar-se. Não queria que meu pai soubesse quem eu era, pois não me merecia a menor confiança. Não queria ter a generosidade de me abrir a ele, não queria fazer-lhe essa dádiva. Nessa altura dos acontecimentos, meu pai já me tinha atraiçoado. O que poderia fazer ele para reconquistar minha confiança? Gentilezas como convidar o nosso melhor amigo? Não convidei o amigo com quem compartilhava meus sofrimentos. No seu lugar, foi um camarada simpático com quem me dava bem, ele aceitou o convite embora pudesse ter ficado surpreso de ter ocupado o papel de melhor amigo. Era magro e esticado, saudável, jovial, o tipo do garoto bem-comportado que tem um brilhante futuro garantido. Por que não convidei o outro? Sem dúvida para não me revelar a meu pai. Para enganar meu pai porque não queria lhe dar esse presente? Ou porque receava o que pudesse ser revelado? Para não me revelar a meu pai ou para não me revelar a mim mesmo? Para enganar meu pai ou porque tinha vergonha do rapaz? Enganar meu pai teria sido então uma máscara que me encobria a mim mesmo, me protegia de mim e do rapaz? Em todo caso o rapaz nunca soube dessa história. Adivinhou? Nunca lhe contei, nem a ele, nem ao convidado, nem a meu pai.

Durante a guerra, pouco vimos meu pai. Lembro que nos colocava, a meu irmão e a mim, em pé nos altos radiadores do aquecimento central, ficávamos a mais de um metro e meio do chão. Ele se afastava, devíamos nos jogar, o que eu fazia atemorizado, e ele nos aparava por baixo dos braços, gargalhando. Não lembro se apreciava muito esse tipo de brincadeira. Lembro dele tomando cuidado ao fixar com ataduras pedaços de pau na parte traseira das minhas pernas para que não dobrassem. Acho que a guerra ainda não tinha começado. Fora atingido por alguma forma de raquitismo, minhas pernas ficavam arqueadas. De férias numa praia, andava de bunda. Depois, não ficava mais o dia todo com as pernas presas a paus, só algumas horas. Várias pessoas deviam prender esses paus a minhas pernas, mas só lembro de meu pai. É das poucas lembranças diurnas que guardo dele. As recordações mais fortes são noturnas. Meu pai foi à guerra. Soube mais tarde que lutara na resistência e, vez ou outra, voltava para nos visitar. Cada visita era um drama. Durante o dia, minha mãe avisava que nos acordaria de madrugada para ver meu pai. E insistia para que não disséssemos a ninguém que tínhamos visto o pai. Essa redobrada insistência provocava medo em mim, medo de falhar, de que me escapasse o segredo. Certa noite meu pai chegou. Adormecidos, fomos levados até o vestíbulo para abraçá-lo. De repente, no chão, havia um retângulo de pano branco com cordões. Era a braçadeira que os resistentes usavam para se identificar, tinha caído pela perna de sua calça. Foram tantas as recomendações dos pais para que não disséssemos a ninguém, nem à cozinheira nem ao mordomo, o que tínhamos visto, que o terror se instalou. Mas o que tínhamos visto, o que podíamos ter entendido? Essas visitas sempre foram terríficas. Foram os nossos momentos de afeto, suponho.

A guerra também pode deixar boas recordações. Deitados no chão do terraço de nosso quarto, na retirada das tropas de ocupação, minha mãe, meu pai, meu irmão e eu espiamos a passagem de um comboio alemão, no maior silêncio para não sermos descobertos e ameaçados, ou levarmos um tiro. Uma felicidade ainda amedrontada, me sentia bem, deitado ao lado de meu pai. O terraço era nosso reino, imenso, tinha um enorme monte de areia onde brincávamos, e a escada de madeira que descia da porta-janela do quarto das crianças era o único acesso. Quando ocupamos a casa, o terraço não existia. Não lembro quando foi construído, era a cobertura de escritórios que meu pai mandara edificar como blockhaus para nos refugiarmos durante os bombardeios. Na retirada das tropas alemãs, foi ali que minha mãe, meu irmão, eu e os empregados da casa passamos a morar. Um dia, minha mãe saiu para esvaziar um penico. Passou um avião ou houve um tiro ou uma explosão, ela voltou lívida, dizendo que quase morrera, segurava um estilhaço daqueles retorcidos em espiral e cheios de pontas cortantes, disse que caíra bem a seu lado. Para mim, o terraço era o lugar central da casa. Foi nesse terraço que um dia durante a guerra me procurou o filho mais velho do mordomo e da cozinheira. Entrou no quarto onde me encontrava só. Me levou até o terraço e deitamos debaixo da escada um ao lado do outro. Aproximou-se de mim e me acariciou o rosto. Disse-me que se fosse mulher, casaria comigo, não entendi muito bem, receava que nos descobrissem, mas não resisti.

A cozinheira e minha mãe tiveram indubitável relevância na minha educação sentimental. A cozinheira adorava que meu irmão e eu lhe coçássemos as pernas que sustentavam o corpo engordado e cansado. Enquanto descascava batatas, pedia a meu irmão ou a mim, mais a mim que a ele, sempre relutante em executar essa tarefa que nos repugnava um bocado, que ficássemos debaixo da mesa e nos instalássemos frente às suas pernas abertas. Ela me pedia para, sem machucá-la, usar as unhas, que deixavam rastros brancos sobre a pele, da qual se destacavam películas. Mais tarde a massagem passou para partes superiores: ficávamos atrás dela e enfiávamos as mãos na blusa para lhe coçar as enormes tetas sem sutiã, o que parecia provocar-lhe alguma sonolência em cima das batatas. Quando, ao entrar na cozinha, o mordomo surpreendia a cena, ralhava com a mulher que respondia não ter isso a menor importância, as crianças eram pequenas e não entendiam nada. Fraco, o mordomo não insistia e, de cara amarrada, retirava-se, receoso talvez de que minha mãe flagrasse a cena, o que poderia acarretar conseqüências profissionais nefastas. Foi a cozinheira que, em primeiro lugar, chamou a nossa — ou a minha — atenção para a ereção. Um dia eu estava debaixo da mesa coçando-lhe as pernas. Meu irmão, que fizera a sesta, entrou na cozinha e se posicionou ao lado dela. A cozinheira olhou para ele e, por cima da calça, pegou no pinto rindo e exclamando: tão pequeno e já assim. Fiquei atônito e não entendi nada. Atônito porque a situação confirmava que o primogênito tinha sido definitivamente destronado?

Minha mãe nos mandou passar férias com a família da cozinheira. Era um vilarejo minúsculo no centro da França. Num bosque, meu irmão, eu e mais um garoto do lugar, com quem formávamos uma trinca de cavaleiros invencíveis, matamos uma cobra. Deve ter sido aí que comi peixe cru pela primeira vez. Cruzava o bosque um riacho por onde passavam bandos de peixinhos prateados. Pescamos alguns. Segurei um pelo rabo, deixei que se debatesse nervosamente na minha boca, rapidamente mordi, o peixe ficou cortado pelo meio, mastiguei e engoli. Momentos penosos dessas férias eram os banhos semanais. Numa tina de água quente colocada num pátio aberto para a rua, a cozinheira nos botava nus. E nos esfregava. Meninos e meninas juntavam-se na entrada do pátio e caçoavam de nós, notadamente quando nos lavava as partes. Afinal, éramos os filhinhos dos patrões. A cozinheira me passava um pito porque, dizia ela, insistia em ficar de frente para as crianças. Isso era porque queria me exibir, tinha que ficar de costas. Uma vez fui punido, não lembro o motivo, me deixaram até o dia seguinte sem comer e sem poder sair do quarto.

Um belo dia, não sei por quê, minha mãe brigou com a cozinheira, que nos teria revelado que as mulheres têm uma racha. Defendeu-se, não tinha falado nada e com certeza tínhamos visto isso na praia. Acho que não tínhamos visto coisa alguma e não sei de onde minha mãe tirou que teríamos tal conhecimento. Meu irmão e eu insistíamos para ver a cozinheira nua, ela sempre prometia e sempre adiava, de forma que nunca a vimos nua. De fato, a primeira mulher que vi nua foi minha mãe. O banheiro tinha duas portas, uma dava para o corredor que levava ao nosso quarto, a outra diretamente para o quarto de meus pais. Para nos isolarmos no banheiro, era necessário chavear as duas. Certo dia, só tranquei a porta que dava para o corredor e minha mãe entrou pela outra, deu um grito. Estava nua, no braço esquerdo dobrado à altura da cintura estavam dependuradas as roupas que ia vestir, cobrindo-lhe a barriga e as coxas. Era alta, muito magra e os seios flácidos caíam-lhe pela frente. Durante o dia, gentilmente, recomendou que trancasse as duas portas quando estava no banheiro. Talvez tenha visto minha mãe nua em outra oportunidade, mas isso nunca saberei, nunca lembrarei. Era durante a guerra. A cozinheira, meu irmão e eu estávamos na cozinha, cuja porta dava para o hall de entrada. Minha mãe entrou em casa, atravessou o vestíbulo seguida por um homem, encaminharam-se diretamente para a sala. Meu pai estava na guerra. Que homem? Muito tempo essa pergunta ficou em mim. Algum francês desmobilizado ou que não teria ido para a frente, mas me inclino a pensar que era um soldado ou um oficial alemão — e poderá não ter sido o único (a guerra acabou, minha mãe morreu, não lhe cortarão o cabelo). Daí a pouco, a cozinheira maliciosa nos perguntou se queríamos saber o que nossa mãe estava fazendo. Queríamos. A cozinheira nos levou até a porta da sala, olhou pelo buraco da fechadura e pediu que nós também olhássemos. Vi, não vi, o que vi? Incapaz de lembrar. Mas à pergunta "Viu?", respondi: "Vi".

Outro personagem da família — quem sabe o mais importante? — era um pastor alemão. Era alto e forte, mas novo ainda. Certa vez, meus pais saíram e minha mãe me proibiu de comer o chocolate que estava numa cristaleira. Só, abri a cristaleira, o pastor me olhava. Nas pontas dos pés, estendi a mão para a prateleira superior. O pastor começou a rosnar, os dentes à mostra. Amedrontado, fechei a cristaleira. Fiquei na frente, o cachorro ao meu lado. Daí a pouco, nova tentativa. Reação semelhante do cachorro. Mesma reação minha. Depois de mais uma ou outra vez em vão, desisti. Não comi o chocolate. Quando meus pais saíam à noite, os empregados, morando em casa separada, deixavam o pastor no nosso quarto. Ele ficava deitado no ângulo reto formado pela cama de meu irmão e a minha. Sentia-me protegido. O cachorro foi ficando cada vez mais magro, triste, doente. A guerra impunha restrições alimentares. Não podíamos mais manter o bicho, meu pai resolveu matá-lo. Foi no sótão. Chamaram um farmacêutico para fazer-lhe uma injeção. Levaram meu irmão para o quarto. Eu quis ver. Ficamos, meu pai, minha mãe, o farmacêutico e eu. Logo após a injeção, o cachorro caiu, o corpo duro bateu sobre o chão de madeira. Sempre pensei que minha educação e meu equilíbrio emocional deviam muito a esse cachorro, a ameaça, a segurança, a morte.

A traição começou no terraço da casona que tinha uma solene escadaria, uns cinco metros de largura. Estávamos no terraço e no pátio havia um carro novo, a guerra já tinha acabado. Meu irmão e eu lá de cima admirávamos o carro. Disse a meu pai que gostaria de andar nesse carrão. Brevemente. No Natal vamos fazer uma festa em Paris, iremos de carro. Que alegria! Mas não pode contar nada para a mãe. É uma surpresa. A surpresa era uma tradição na família. Natal, aniversários, tudo era surpresa. Páscoa também. Nesse pátio onde reinava o carro novo, meu irmão e eu tantas vezes caçamos ovos escondidos atrás de pedras, arbustos envelhecidos, tonéis cheios de água suja ou óleo. As descobertas nos encantavam, como nos encantavam os presentes que na manhã do dia 25 de dezembro achávamos elegantemente dispostos debaixo do pinheiro imenso que ornamentava a sala de jantar. Guardar o segredo da surpresa era questão de honra, e precisava força de vontade, tamanho o desejo de revelar o que se sabia. Mas nunca revelávamos. Éramos fortes. Dias depois — meu pai já não morava mais em casa —, logo antes do jantar, minha mãe perguntou se meu irmão e eu íamos para uma festa de Natal em Paris. Não. Insistência. Insistência redobrada no meu não. Fomos lavar as mãos.

Minha mãe diante da pia, meu irmão e eu de cada lado. Eu à direita dela. Ela insistindo: seu pai não lhes disse que iriam passar o Natal em Paris? Não e não. Minha mãe dirige-se a mim, não a meu irmão, menor. Ela repete a pergunta sob todas as formas e olha para mim, olhos nos olhos. E cedo: ele falou, nós vamos. Então por que me mentiu? Não menti, era uma surpresa. É uma surpresa. Não, você mentiu para mim. Não menti. Um vazio, desabo em choro, uma bola oca dentro de mim. Jantamos — em silêncio, imagino. Dia de Natal, já quase noite, o carro estava no pátio. Meu irmão e eu subimos. Algum empregado abriu o imenso portão de ferro. O carro passou. Minha mãe estava exatamente na fronteira entre o pátio e a calçada. Lágrimas lhe escorriam pela face. Quando percebi que ela chorava? Nesse exato momento? Acho que não, devíamos estar tão felizes de irmos a uma festa no carro novo. Mais tarde? Muito mais tarde? Mas o significado da situação só bem depois entendi. Pela janela traseira do carro, minha mãe afastava-se, imóvel, ereta, junto ao portão ainda aberto, na noite. Foi a última vez que vimos nossa mãe, oficialmente.

Chegamos a Paris, a festa era num restaurante devidamente fechado e enfeitado. Tudo muito festivo, muito alegre. Fomos apresentados a uma senhora. Todo mundo dizia que devíamos chamar essa senhora de "mamie", com muita alegria. Petrificados pela timidez, meu irmão e eu não conseguíamos chamá-la de "mamie". Toda vez que de nossa boca saía um "madame" fraquinho e tímido no lugar do "mamie" solicitado e impossível, quantos risos e brincadeiras. Era só o início do calvário.

* * *

Depois os encontros com minha mãe foram proibidos. Ela nos visitou algumas vezes, às escondidas, na casa de meus avós paternos onde fomos morar antes de mudarmos de novo, dessa vez para a casa alugada por meu pai e sua nova esposa. Inesperadamente meus avós foram solidários com minha mãe e seus filhos. Minha avó lembrava que tinha sido contra o casamento, mas já que o casamento tinha ocorrido, então era contra o divórcio. Minha mãe vinha nos visitar também no colégio, recomendando sempre que meu pai não soubesse. Certa vez, na solenidade do locutório, nos informou que tencionava casar de novo, mas antes fazia questão de nos perguntar se concordávamos. Senti-me gratificado por tal pergunta e, imbuído de minha importância, dei-lhe a permissão solicitada. Concluiu dizendo que meu pai casara de novo sem pedir autorização aos filhos, sem mesmo comunicar-lhes o casamento, mas para ela isso seria impossível, precisava da concordância dos filhos.

Com o fim da guerra, novos ventos sopravam. Meu irmão e eu tínhamos o cabelo repartido por uma risca lateral e uma longa madeixa nos caía sobre a fronte. Isso não servia. Junto com os soldados americanos, chegara à França nova moda de cabelos: a escovinha. Adaptaram o cabelo das crianças à moda nova. O do meu irmão ficava espetadinho, o meu não havia jeito, ficava achatado para a frente e uma magra franja recaía sobre a testa. Detestava esses cabelos. Minha madrasta não desistia, tinha que cortar assim. Na saída do barbeiro até que os meus cabelos ficavam um tempinho em pé, mas logo caíam e, por mais que tentasse levantá-los com a mão, achatavam-se. Durante quase dez anos tive que aturar esse corte.

O pós-guerra renovara também os penteados femininos. Um deles repartia o cabelo de cada lado de uma risca central e prendiam-se os cabelos em rolos que cobriam as orelhas. Era um penteado particularmente difícil de fazer para que fio algum ficasse fora do lugar, e qualquer ventinho tinha conseqüência catastrófica. Um dia em que minha madrasta estava assim penteada, entramos numa luxuosa perfumaria e uma vendedora, elegante e mais alta que minha madrasta, tinha exatamente o mesmo penteado, o dela era a perfeição, nem podia ser de outro jeito visto a loja em que trabalhava. Um olhar respeitoso sobre os rolos um tanto cansados da madrasta não escondeu de todo a ironia e a superior satisfação da vendedora! A madrasta, da sua posição de freguesa, a tratou friamente, o que só pode ter reforçado a satisfação da vendedora, que viu na superioridade ostensiva da compradora a confissão da inferioridade real. Acho que a madrasta saiu da loja sem se despedir — o que fere as regras da cortesia francesa — e explodiu na calçada, mas quem ela pensa que é, não passa de uma vendedora. Não falei nada, mas não pensava menos. Como me sentia cúmplice da vendedora!

Junto com os penteados, os americanos tinham trazido seus filmes. Fomos assistir a um western intitulado *Les desperados*. Acho que em cores. Tenho impressão de que me sobram algumas imagens, socos e mais socos, duelos de revólver. *Les desperados* ficou em nossa família como o símbolo do mau cinema, do ridículo, um pouco o símbolo do cinema norte-americano. Mas em dado momento da sessão, alguma coisa aconteceu, pois me lembro de estar sendo, aos berros, carregado por meu pai, que me tirava da sala às pressas, tal o pânico que a escuridão me provocava.

Na nossa vida cultural, mais importante que o cinema era a leitura. Depois da guerra, meu pai nos comprava muitos livros. Às vezes líamos todos reunidos perto da lareira, antes de irmos para a cama. Não raro, meu pai pedia que lhe contasse a história do urso que acabava de ler. Eu, como sempre, para não dar o braço a torcer, resumia a história a poucas palavras. Só isso? Devem acontecer mais aventuras a esse ursinho. Nunca dizia mais, não ia dar essa satisfação. Certa vez minha madrasta anunciou que estava ficando grandinho e que ia me dar um livro de Colette. Fiquei eufórico. Dia seguinte, nada do livro aparecer, impaciência e expectativa cresciam. Finalmente o livro me foi dado. Era algo como *O diálogo dos bichos*, e fui sentar em algum lugar para começar a leitura sem perda de tempo. Qual não foi minha surpresa ao perceber que várias páginas estavam coladas. Fui logo avisar minha madrasta que o livro estava defeituoso: não, essas páginas você precisa crescer um pouco mais para ler. Voltei para minha poltrona e comecei a ler as páginas permitidas e, obedientemente, não violei a cola que vedava o acesso ao que podiam dizer os bichos nessas páginas misteriosas.

Meu pai mantinha um diário. Um dia, por acaso, eu o vi, aberto sobre uma mesa numa sala por onde todos transitavam: uma letra miúda e arredondada enchia a folha quadriculada de um fichário. Meus olhos estavam nele. Li. Meu pai elogiava o caráter taciturno de seu filho mais velho que revelava seriedade, um caráter trabalhador, poder de concentração e lógica de raciocínio. Um ideal? Minha avó lembrava que, ainda na maternidade, meu pai tinha dito que, se eu fosse trabalhador, teria tudo, caso contrário, nada. E ela relatava que minha mãe costumava dizer que eu seria médico ou advogado, enquanto meu irmão se encaminharia para a indústria ou o comércio.

Saíamos de férias para uma praia do canal da Mancha. Com os donos do restaurante onde se dera o primeiro encontro com "mamie", meu pai alugava uma casa. A dona do restaurante ia à praia com colar e pulseiras: ouvíamos discutir sobre se cobrir-se de jóias em tal circunstância não seria um exibicionismo antipático. Os maiôs tornavam-se menores e minha madrasta reprovou um jogador de vôlei cuja sunga enfiada no rego lhe deixava as nádegas à mostra, seria melhor que andasse pelado de vez. Tínhamos aulas de natação nas piscinas que a maré baixa deixava no estirâncio. O jovem treinador me segurava pelo queixo e eu tentava fazer os movimentos que me ensinava. De nada adiantava, assim que me largava, eu ia ao fundo. Mas meu irmão saía-se bem. Semanas se passaram e não aprendi.

Cabelo, cinema, leitura, natação e "mamie" não foram suficientes para completar a nossa domesticação. Após a convivência nos ter acostumado a esse "mamie", foi necessário mudar uma vez mais o nome, completando a nossa aprendizagem.

Mas isso não aconteceu em Paris. Meu pai já tinha viajado para o Brasil. Devia nos mandar buscar assim que conseguisse dinheiro. Fomos morar em Nice, com uma tia da madrasta. Mal chegados, as malas ainda para serem abertas, fugi: o sol, as palmeiras, o calor, a delícia de Nice. Principalmente as palmeiras. Arranquei uns folíolos de palma que guardei muito tempo como fetiche. Fugi e voltei, que mais podia fazer?, não sei como encontrei o caminho de volta. Talvez não tivesse cortado completamente as amarras e guardado, eu que não tenho muito senso de orientação, o caminho. Quanto durou essa fuga?, algumas horas? Foi uma eternidade que pode não ter ultrapassado senão uma pequena meia hora. Onde você se meteu? Não houve recriminação. Logo se encontrou um liceu, no qual entramos no meio do semestre. O prédio era bonito, arejado, ensolarado, os pátios cheios de flores e árvores e muita palmeira. Os métodos de ensino, modernos, eram totalmente diferentes dos de Sainte Barbe. Não entendia nada. Na aula de inglês, sentaram-me na última fileira de uma classe que comportava uns cinqüenta alunos, mal ouvia o professor jovem e dinâmico (que devia se esgoelar). Desenhava na lousa e não dizia uma palavra em francês.

O apartamento da tia era imenso, sala de jantar, salão, pequenas salas de estar, fumoir, boudoir, quartos, tudo decorado em estilos diferentes, Luís xv, Luís Filipe, árabe etc. A tia era imponente — um tipo de mulher que reencontraria mais tarde em certos filmes franceses, os filmes ditos "de qualidade", mais para Gabrielle Dorziat que para Edwige Feuillère, embora provavelmente desejasse para si a classe e o olhar de Feuillère. Tinha sido professora de piano de alguma filha de Bismarck ou do Kaiser, não lembro, dizia-se acostumada à vida da corte. Fora casada com um general que morreu, com um senador — numa época em que ser senador da república não era pouco — que morreu, com um conde que também morreu. Três viuvezes: não sei em que ordem. Então era condessa, mas parece que duplamente, pois afirmava ser condessa também de nascimento. Mas a madrasta, sua sobrinha, retrucava ter ela também o direito de usar o título de nobreza, o que a tia negava terminantemente, e as duas brigavam. As brigas tinham também outro motivo: como o dinheiro que meu pai devia mandar para nos juntarmos a ele no Brasil não chegava nunca, a madrasta tentava convencê-la a pagar ou financiar as passagens. O Brasil exaltava seu espírito aventureiro, viajar num transatlântico com festas elegantes. Enchia a boca com as sonoridades do nome da cidade que devia nos acolher e que pronunciava S-a-ô-p-a-o-l-ô. Outras vezes o encanto esmorecia, parecia-lhe impossível pagar as passagens e embrenhar-se por essas terras selvagens. Argumentava, então, com veemência, que a madrasta só tentava aproveitar-se do seu dinheiro.

Pois a condessa era rica, mas a fortuna definhava. Tivemos que mudar do suntuoso apartamento para outro bem mais modesto. Por mais que tenham sido vendidos móveis luxuosos e objetos de arte, ainda sobravam muitos que mal cabiam na nova moradia. Após a mudança, o espaço pequeno atulhado de móveis e malas, a tia chora sentada em cima de caixas amontoadas. Foi nesse apartamento que resolveu casar de novo. Não mais com um general, um senador ou conde, os tempos eram outros e agora era a vez de um industrial. Botou anúncio num jornal de Paris, um industrial respondeu. Para cúmulo da sorte, o industrial também era conde. Preparou-se um elegante jantar, vinhos finos, talheres diversificados, múltiplos copos. O conde industrial chegou, era franzino, mais ou menos a metade da tia. Recepção festiva, trocas de amabilidades, ele tinha trazido uma lembrancinha, aperitivos, com muita alegria. O jantar está servido. Que decepção, o industrial se confundia nos talheres e nos copos. No dia seguinte a tia foi enérgica e o despediu.

Apesar do pequeno apartamento, a tia continuava tendo algum dinheiro. Recebíamos cartas de meu pai que não anunciavam a chegada do dinheiro. "Mamie" leu uma delas e disse que precisava falar conosco: meu pai queria que a chamássemos de "mamãe". Outro transtorno. A tia explicava que a verdadeira mãe não era aquela que tinha parido, mas a que cuidava das crianças, devíamos chamar "mamie" de "mamãe". Não conseguíamos. Instituiu-se um sistema de multas. Toda vez que o "mamãe" não saía de nossa boca, devíamos pagar uma multa, com a mesada que nos davam para esse fim. Pagávamos e dizíamos "mamãe". Tudo isso com muita alegria e muitos risos. Ao cabo de uma semana? De um mês? nos devolviam o dinheiro das multas. Bondade. E o que fazíamos meu irmão e eu com esse dinheiro? Comprávamos surpresas para a madrasta — a tradição familiar —, não lembro o quê, miudezas, que de noite dispúnhamos em algum canto da casa para que ela encontrasse os presentes no dia seguinte e ficasse feliz. Nunca acreditei que todo esse estratagema estivesse contido na carta de meu pai — no que estou possivelmente bem enganado. Não suportava nem o "mamie" nem o "mamãe" nem a pessoa que assim devíamos chamar, mas comprava presentes porque era essa pessoa a única que nos sobrava, cortar as pontes era ficar completamente só. Então brigávamos e resistíamos ao "mamãe", mas em compensação a subornávamos com presentes para manter o vínculo, como ela nos subornava devolvendo o dinheiro das multas. E os presentinhos nos limpavam de culpa, da culpa de não acatar a mulher de meu pai — de não querer acatar ou de não conseguir? Embarcamos para o Brasil com passagens pagas com o dinheiro da tia.

Dias antes peguei caxumba. Tinha que disfarçar, não me deixariam embarcar. Fui para o navio com enorme cachecol envolvendo o pescoço e a cabeça embrulhada num capuz de lã que deixava abertura apenas para o nariz e os olhos, o que a temperatura de fevereiro em Marselha não chegava a justificar. E terminante recomendação de não falar, mesmo que alguém me fizesse alguma pergunta. Embarcamos. Tive que passar alguns dias na cabine e o resto da travessia foi agradável. Fizemos escala em Dacar, visitamos um mercado onde mulheres negras agachadas no chão e envoltas em panos coloridos vendiam coisas. Fizemos esse passeio em companhia de um casal com quem minha madrasta tinha travado relações de amizade, ela era francesa, ele alemão. Eis aí algo que não podia entender. Como era possível uma francesa ser casada com um alemão e minha madrasta fazer amizade com eles? Com ela eu conversava, com ele, a minha garganta ficava travada. Vimos dois filmes durante a viagem, *Gilda*, cuja bengala-espada me deixou uma lembrança indelével e agradável, diferentemente do filme de terror que era *Roma, cidade aberta*. Além dos filmes, lembro também uma festa, na passagem do Equador, com brincadeiras na piscina e um baile de máscaras. E assim chegamos ao Rio de Janeiro falando "mamãe". A operação tinha dado certo. Foi seguramente esse senão o único motivo, pelo menos um dos motivos que decidiram nossa emigração para a América do Sul. Viver do outro lado do oceano Atlântico era assegurar-se de que não manteríamos contato, mesmo escondidos, com nossa mãe, e qualquer correspondência seria fácil de controlar. Além disso, num país em que ninguém nos conhecesse, passaríamos facilmente pelos filhos da madrasta. Era só não dar mancadas. Fomos então proibidos de revelar que ela não era a mãe verdadeira e acho que obedeci. Um dos meus atos de resistência foi conseguir manter em alguns documentos o nome de minha mãe, nome de solteira, pelo menos na carteira militar, disso meu pai não gostou, mas não houve recriminação. Na guerra como na guerra.

Chegamos a São Paulo de noite. O hotel onde nos hospedamos era um arranha-céu e nos deram um quarto num andar elevado. Minha madrasta abriu a janela e disse que a imensidão da cidade a amedrontava. Fomos morar num sobrado, perto do liceu francês, onde passamos a estudar. Um dia, a caminho do liceu, briguei com meu irmão. Ele, cansado dessas eternas brigas que eu provocava e que ele não podia senão sofrer como agressões, não quis mais me dar a mão nem andar na mesma calçada. Bruscamente atravessou a rua, um carro o derrubou, nem parou. A culpa. Meu irmão levantou e, firme, continuou a andar na outra calçada. E eu na minha. Meu pai não agüentou o aluguel e mudamos para uma periferia longínqua, uma casa agradável com jardim e roseiras de que minha madrasta cuidou amorosamente durante anos. Não longe da nova casa instalou-se o casal franco-alemão encontrado no transatlântico. Perto ficava uma pequena favela e os garotos caçoavam da gente porque éramos loiros e não falávamos português. Mendigos pediam esmola no portão, eu não entendia o que queriam, os garotos caçoavam, envergonhado voltava correndo para dentro de casa. Mais adiante, ficava o botequim de um francês velho e gordo. Tornou-se o amigo da família, passávamos os domingos com ele, almoçando debaixo da pérgula de que pendiam "frutos da paixão" cujas flores rebuscadas e mórbidas me fascinavam. Meus pais questionavam o velho Jules sobre sua vida, respostas sempre confusas os levaram à convicção de que era um assassino que tinha conseguido escapar de Caiena, senão como conheceria tão bem a região? E aquela cicatriz? Edith Piaf veio ao Brasil, fomos ouvi-la no Teatro Cultura Artística onde, anos depois, nostálgico, ouviria Bibi Ferreira retomar as mesmas canções. Chorei em ambas as circunstâncias. Anunciaram que Piaf iria visitar Jules. Ansiosos, esperamos uma tarde inteira. Ela não veio.

Não longe do botequim de Jules ficava um barbeiro chucro que foi devidamente instruído para que continuássemos submetidos à decisão parental que eu odiava e que nenhuma argumentação minha conseguiu demover: a escovinha. O cabelo passou a ter importância crucial na minha vida e eu vivia com temor a aproximação do corte mensal. Nunca me dei bem com barbeiros, detestava o ambiente. Falava-se profusamente, a altos brados, de mulheres, política e esportes, futebol. O clima machista me incomodava, ficava retraído sobre mim mesmo esperando a hora da poda e, depois, duro na cadeira, sem um pio. Se o barbeiro falava comigo, respondia em voz tão baixa e embargada que ele não conseguia me ouvir. Aliás, a resposta era essa mesma, não conseguia erguer a voz e mal falava português.

Foram tempos difíceis, experimentamos privações intensas. Meu pai recusava-se a se empregar, caso o fizesse, nunca escaparia dessa situação para montar seu negócio próprio, aqui e lá conseguia bicos. O dinheiro era escasso e passávamos fome. Minha madrasta cozinhava, lavava roupa, limpava a casa, mãos e unhas se estragavam. Vez ou outra ela saía comigo para ir a uma loja de ferragens propor serviços que meu pai poderia fazer, um eventual pagamento antecipado permitiria comer. Um dia de manhã nos acordaram dizendo que sobrava um pedaço de queijo, meu pai tinha voltado de noite com um pão e uma caixa de catupiri. Contaram que tiveram dúvidas sobre se nos acordavam ou não. Optaram por não nos acordar, não tínhamos comido na véspera e dormíamos, pelo menos recuperávamos alguma energia. De vez em quando faltávamos às aulas e passávamos a tarde dormindo, de fome, quase inanição. Uma professora de latim foi quem mais me marcou nesses anos de estudo. Magérrima, vestia-se na última moda, com alguma ostentação. Não repetia roupa. Uma imensa saia rodada de plástico vermelho deu o que falar. Comentavam que sofria de câncer, seus dias estavam contados. Traduzindo em aula um texto enfadonho de Cícero, nos explicou que os senadores romanos vestiam togas que não se diferenciavam muito umas das outras. A elegância consistia no drapeado que caía dos ombros e do braço, essas pregas é que distinguiam os senadores entre si. Foi uma revelação, fui projetado na vida cotidiana dos patrícios romanos e entendia muito melhor latim. Essa intimidade com Roma aliada à fragilidade sensível da professora me fascinavam. Freqüentemente meu pai não conseguia pagar o liceu. O diretor me chamava, meu pai devia ter esquecido, que tivesse a gentileza de lhe lembrar a mensalidade. As dívidas acumulavam-se e o diretor tornava-se menos cortês. O bedel me pediu um dia que fosse à sala do diretor. Tremia diante da porta fechada. Teria coragem de bater? Fiquei um tempo petrificado. Bati. Foi nessa situação que aprendi a lidar com o medo: basta fazer um pequeno gesto inicial que deslancha o processo, depois somos levados pela situação, não há como recuar. Bati. Entre. Entrei. Respondi que transmitiria o recado a meu pai, transmiti, mas sabia que não pagava porque não podia e o pouco dinheiro que conseguisse era antes para comer. Meu pai deve ter sofrido nesses anos todos para dar à sua família condições que julgasse dignas dele e dela. Havia uma garagem na nossa casa e, através de acordos, associações, empréstimos, foi botando umas máquinas e fazia serviços para fora, passou a ter um empregado. Era um mulato adolescente, alfabetizado, gentil, terno, bem-educado, obediente e trabalhador. Meu pai estimava seus dotes morais mas ele não trabalhava do jeito como meu pai queria que trabalhasse.

Meu pai chegou à conclusão de que se tratava de uma inferioridade racial porque, vejam, esse rapaz tem muitas qualidades e dedicação e assim mesmo não consegue, é alguma coisa lá no fundo que os impede de entender adequadamente os problemas e ser eficientes. A situação estabilizou-se, comíamos e íamos à escola. Durante as férias, trabalhávamos na oficina de meu pai, ele passou a produzir máquinas de brocar e nosso trabalho consistia em lixar manualmente o tabuleiro dessas máquinas, primeiro com lixa grossa, depois fina. Passávamos a mão no tabuleiro e enquanto o dedo detectasse a menor aspereza o trabalho não estava concluído. Pelo menos era o que minha ingenuidade pensava. Quando sentia a superfície lisa, chamava meu pai para a verificação, sua mão reconhecia que não havia mais asperezas mas percebia que o plano do tabuleiro não estava perfeitamente horizontal. Minha cabeça e minha mão resolviam mal essa diferença entre superfície perfeitamente plana e horizontal e ausência de asperezas, o liso, a mim, parecia amplamente suficiente.

Uma vez encontrei uma nota de dez cruzeiros no bolso. Até que era bastante dinheiro, de onde vinha? Não havia explicação. Após investigação na memória, lembrei que dias antes minha madrasta tinha me dado essa nota para reembolsar o casal franco-alemão. E esquecera de devolver o dinheiro. Minha madrasta perguntou a origem desse dinheiro que encontrara ao guardar minha roupa. Achei logo ali, na rua, ao pé de uma árvore. Estranho, mas a explicação foi aceita. Dias depois, minha madrasta disse que a amiga lhe reclamara o reembolso da dívida, que coincidência. Mantive a tese da árvore, mas já não estava mentindo pois, de tanto me repetir a história, tinha acabado por convencer a mim mesmo de sua veracidade. Mais a mim que a ela, mas ficou por isso mesmo, não houve briga nem castigo.

Da periferia onde morávamos tínhamos que tomar dois bondes para ir ou voltar do liceu, um "camarão" e uma jardineira, achava excitante e perigoso ficar no estribo. Gastávamos um tempo infinito. O camarão que tomávamos para voltar no fim da tarde estava sempre lotado, os corpos suados espremidos de modo indescritível. Muitas vezes ficava parado diante de um anúncio exposto em todos os bondes e que dizia "Mate Leão" e mostrava uma caixinha cor de laranja. Que intrigante, não entendia por que se recomendava tão insistentemente matar um leão. Anos se passaram, já trabalhava de balconista e a moça dos pacotes me deu a chave do enigma, a partir daí passei a chamar o chá de "maté" para evitar qualquer confusão. Foi outro trabalho da moça dos pacotes me livrar dessa mania. Por onde andará essa moça tão doce? Quase todo dia, duas paradas depois da nossa, um homem tomava o bonde. Conseguia furar o bloqueio dos corpos e encostava-se em mim. Era menor do que eu, gordinho, olhos de peixe morto, dava-lhe uns quarenta anos. Dias, semanas se passando, deu para botar a mão na minha bunda. Petrificado, não reagia, a compressão dos corpos nem o permitiria. Descia bem antes de nós, quando o bonde ainda estava repleto. Minha inércia o encorajava. Pegava minha mão e a encostava na braguilha. Entre enojado e fascinado, apalpava o membro em ereção. A audácia aumentando, desabotoava-se. Um dia, o lúbrico ejaculou na minha calça. O asco ao tocar nessa gosma. Voltei para casa com a calça melada, como explicar? Alguém cuspiu em mim no bonde, descrevi todos os detalhes. Que grosseria, minha madrasta recomendou que reagisse à altura se tal situação se repetisse.

Os tempos melhoraram, meu pai tinha comprado um carro, podíamos viajar nas férias. Passávamos o mês de julho numa casa alugada na Praia Grande. Chegando lá num dia cheio de sol, todos foram à praia e fiquei trancado em casa, para espanto geral. Tinha começado em São Paulo a leitura de *Crime e castigo*, não era possível largar, só fui à praia depois de terminado o romance. Adorava as ondas fortes do mar. Não sabia nadar, mas, embora um tanto atemorizado, me jogava de frente nas ondas que quebravam ou me deixava levar até a beira. Na praia, meus pais ligaram-se com um casal, ela uma vivíssima francesa, ele um pachorrento inglês. Tinham um barco e nos levavam para passear. Do mundo, o inglês só gostava de seu barco. Meus pais desconfiavam da francesa que, como quem não quer nada, sempre abordava temas picantes. Um dia, ela propôs a minha madrasta que no dia seguinte ficassem na praia de peito nu. Anos 50! Viu-se cercada por olhos tipo bolinha de gude, menos os do marido, que meditava sobre navegação. Não se deu por achada, entendia muito bem que minha madrasta não aceitasse, pois tinha seios grandes e precisava usar sutiã para aliviar o peso. Ela não tinha filhos, nem podia (como minha madrasta), mas se tivesse, seria para respeitá-los. Certo dia, ela, que costumava me elogiar pela beleza do meu olhar, fez de mim um herói. Passeávamos pela praia, ela tinha me pedido que segurasse seu violão. Para atravessar um riacho largo e profundo que cortava a praia, dei um pulo segurando o violão para cima, nem uma gota respingou nele. Sempre me confiaria seu violão. Meus pais acharam esquisito e descabido o elogio, começaram a desconfiar dessa insistência em louvar meus olhos, e quando a francesa ficava junto de mim, me chamavam. Evitavam que se sentasse a meu lado nas refeições. Encontramos também um italiano que passava férias e se ligou a meus pais. Um dia, ele me expôs a sua perplexidade: meu pai tinha a sorte incrível de uma amiga da família se dispor a iniciar sexualmente seu filho, no entanto colocava todos os obstáculos possíveis numa recusa ostensiva. Concordei com o italiano.

A melhoria da situação permitiu que freqüentássemos espetáculos, TBC, Cacilda Becker, cinema. Assim reencontrei a bailarina romântica do meu romance infantil. Adorava dança e várias vezes meus pais me levaram ao Teatro Municipal assistir as companhias que visitavam São Paulo. *A morte do cisne* era apresentada com freqüência — prato de resistência de muita bailarina clássica. Uma delas me encantou particularmente, uma inglesa. Vendo essa bailarina, da galeria, fui tomado de emoção tão profunda que bati efusivamente palmas ao fechar da cortina. Tão efusivamente que meu pai e minha madrasta me seguraram de medo que despencasse da galeria, devia dar sinais de estar à beira de perder o controle. Mais tarde eu veria outra interpretação da *Morte do cisne*, por uma bailarina do Bolshoi. Seguia a coreografia clássica de Petipa até o último gesto, quando a bailarina, já no chão, deixa cair a mão. A bailarina soviética desrespeitava esse final e erguia a mão. Achei superficial o que me pareceu ser o motivo de tal mudança: não finalizar o bailado com gesto de morte, de desencanto, mas com uma nota de esperança. Fiquei revoltado. O gesto quebrava a harmonia de minha emoção.

Outra emoção de grande força se deu no cinema Jussara, penso, onde se projetava um filme cujo título devia ser *Lady Hamilton*. O Almirante Nelson estava na guerra e Lady Hamilton, interpretada por Vivien Leigh, aguardava seu retorno. Está numa sala cuja imensa janela vai do chão ao teto e desenha aproximadamente um semicírculo. A luz rareando num fim de tarde, a Lady cruza a sala várias vezes com uma solenidade inquieta. Está do lado esquerdo da tela quando, pela direita, entra uma criada paramentada carregando uma bandeja — que só podia ser de prata. Elas caminham uma em direção à outra e no centro da tela a Lady pega a mensagem na bandeja. Silêncio. Pela expressão da atriz: o Almirante morreu. A criada retira-se. A Lady caminha lentamente até a esquerda da tela e vagarosa começa a puxar a cortina pesada até a metade do semicírculo. Dirige-se para a direita, pega a outra cortina e, com a mesma lentidão, a arrasta até a luz, que vinha minguando, desaparecer por completo. Fim do filme. Luzes na sala. Explodo em choro convulsivo. Não consigo levantar. Minha madrasta espera paciente. Levanta e sai. Volta, continuo chorando descontrolado. Recomeça a sessão. Continuo chorando. Ela insiste para que me comporte e levante. Nada feito. Me puxa pelo braço. Nada feito.

Não vendo solução, chama o lanterninha, que me carrega para fora da sala. Me instalam numa poltrona do saguão onde pouco a pouco me recomponho. Cheguei em casa cansado como se tivesse andado quinhentos quilômetros.

Meus pais controlavam minha paixão pela dança, ir ao espetáculo tudo bem, mas, ao dizer que gostaria de me tornar bailarino, encontrava franca oposição. Certa noite estava só em casa e, na sala vazia (nessa época ainda não tínhamos móveis) e penumbrosa, estava dançando acompanhado por um som que fazia com a boca, estalando os lábios: "pidchapim". Devia estar tão absorto que não ouvi meus pais entrarem em casa. De repente me volto e percebo que estão me observando, eles caem na maior gargalhada e derreto de vergonha. Durante anos esse "pidchapim" foi o meu calcanhar de Aquiles e se não o esqueci não foi por causa daquela noite, mas porque batia nos meus ouvidos toda vez que meu pai queria caçoar de mim. Dizer que gostaria de ser ator — e pensava nisso — não era mais favoravelmente recebido. Minha madrasta respondia que ou se é Gérard Philippe ou então era melhor nem tentar, e ser Gérard Philippe só ele conseguia. Meus pais admiravam outros atores, Jean Gabin, por exemplo, mesmo que nem sempre apreciassem os filmes em que atuava, mas o que me opunham era aquele maldito Gérard cujo trabalho em *La Ronde* fazia as delícias da casa. Meus pais me levaram para ver um filme como *Orfeu* ou *A bela e a fera* e dias depois, no jantar, fiz algum comentário a respeito de Jean Marais — não me lembro qual, talvez que o achava tão bom ator quanto Gérard Philippe. Meu pai interrompeu a sua refeição e, sem uma palavra, levantou-se, saiu da cozinha e não voltou. Continuamos a jantar num silêncio constrangido.

Um dia me visitou em casa um colega de classe, rapaz cujo perfil o olhar acurado de um arquiteto tinha tombado pelo seu caráter aristocrático. Tinha um porte atlético que devia ser bem recebido nas equipes de futebol ou de vôlei no liceu. Me dava bem com esse colega. Tinha ido passar férias na Itália e dias antes do início do ano letivo veio me visitar. O reencontro foi uma alegria. Contamo-nos os lances mais brilhantes de nossas férias. Minha madrasta cruzava a sala de vez em quando e notei uma velada impaciência no seu comportamento. Após a saída de meu colega, não fez comentários mas mostrava-se nitidamente ríspida comigo. Relacionei intuitivamente seu humor com o rapaz de perfil aristocrático. Sentiria algum ciúme dele? Ou ciúme dos pais dele? O que não me parecia tão inverossímil. De fato havia pais de quem gostava mais que dos meus, os pais desse rapaz por exemplo, o que sempre cuidava de não deixar transparecer, mas dificilmente poderia escapar a uma intuição de tipo materno. No jantar, como por acaso, minha madrasta comentou com meu pai que um colega meu nos tinha visitado de volta de férias prolongadas na Europa. Meu pai perguntou se meu amigo tinha gostado de sua viagem e que cidades tinha visitado. A minha resposta não foi precisa, mas ele mesmo deve ter respondido com uma pequena conferência, como era de seu hábito, sobre a importância cultural da Itália do norte. No dia seguinte, quando já tinha esquecido o episódio, veio a bomba. Estava saindo de casa quando, da sacada do primeiro andar, debruçada sobre o parapeito, minha madrasta me chama e grita: "Tome cuidado, a sociedade não gosta de gente assim". "Gente assim" era eu, o colega de perfil aristocrático? O que era "gente assim"? Já não era tão criança, mas não entendi a que se referia a advertência. Posteriormente, entendi.

Havia muita gente "assim" entre os meus colegas do liceu, ou tinha eu relações "assim" com colegas? É possível. Lembro que uma professora de inglês, de porte parecido com o da tia de Nice, dava gritos quando se aproximava da sala de aula e me via junto com um colega num depósito localizado bem ao lado da sala. De fato, gostávamos de ficar nesse depósito, isolados do tumulto dos recreios, para conversar, ler ou, mais freqüentemente, desenhar. Desenhando, lendo ou conversando, sempre fiquei com a impressão de que estávamos tratando de questões transcendentais que deviam abrir novos caminhos à metafísica. Mas esse colega não devia ser "assim", já que minha madrasta nunca opôs resistência às solicitações de ir passar o week-end na casa dele. Morava fora da cidade e apreciávamos ir, no fim da tarde, contemplar o pôr-do-sol esplendoroso de cima de um despenhadeiro. Mas o "assim" devia trabalhar a cabeça de minha madrasta e justificar a seus olhos — ela que se dizia essencialmente franca, com insistência que podia chegar a convencer — uma operação sistemática de investigação nos meus bolsos, dentro do criado-mudo, no diário que mantinha com assiduidade. E sempre encontrava material que dava escândalo familiar, queixas a meu pai. Por exemplo, um livro achado no criado-mudo que era a biografia de um aviador francês. Nossas leituras eram extremamente controladas.

O que podia ter relatado esse aviador, na sua biografia, que motivasse tais admoestações por parte de meus pais? Essa leitura era proibida, não se explicitavam os motivos. Dizia-se apenas que tais leituras distraíam dos deveres escolares. Devo ter dado retorcidas explicações ao colega que me emprestara a perniciosa biografia quando me pediu o livro de volta, pois do ocorrido com certeza não falei, tamanha a vergonha que passava nessas situações. E não reagia, engolia, escondia. Um dos maiores escândalos foi provocado por um trecho do diário em que falava de minha mãe e manifestava provavelmente a vontade de reencontrá-la. Tive direito a longo discurso paterno sobre a injustiça que representava tal desejo para com minha madrasta.

Bilhetes encontrados nos meus bolsos eram mais problemáticos porque a minha madrasta os achava excessivamente enigmáticos ou não entendia a letra dos meus colegas, nem identificava a procedência. Vinha então um despreocupado "Você deixou cair isto", complementado por um "Mas o que isso quer dizer?". Eu sempre achava uma interpretação aparentemente satisfatória, mas à pergunta "Foi fulano que escreveu isso?", por que respondia a verdade?

Diário, bilhetes, livros originavam gritos, choros e bater de portas — que, no fundo, não alteravam tanto o cotidiano. Cócegas também. Meu pai tinha adquirido o hábito de nos fazer cócegas, mania que eu detestava e que não largou até os meus quase dezoito anos, não havia argumento que o fizesse desistir. Eu caía no chão e as cócegas continuavam. Certo dia, sem querer, dei-lhe um pontapé no saco. Deu um grito e, com as mãos entre as pernas, recolheu-se ao quarto. A situação não me desagradou. Devia ter uns catorze anos. Minha madrasta me acusou de violência e recomendou cuidado quando brincava com meu pai. Repeti que tinha pedido mil vezes que parasse com o que eu não considerava uma brincadeira mas uma agressão, não convenci ninguém.

As crises eram seguidas de um encontro solene com meu pai solidamente postado na sua pose emblemática atrás da sua escrivaninha. A minha resposta era a greve da fala durante as refeições, que certa vez consegui manter durante quase dois meses. Falava bastante com os cachorros em voz alta, maneira de tornar mais ostensiva minha greve e também de me comunicar com os humanos de forma enviesada. Os cachorros sempre tiveram grande importância na família e quando viemos da França, em verdade éramos quatro: minha madrasta, meu irmão, uma cachorrinha branca e eu. Também sobre os cachorros descarregava a minha raiva — sempre verbal — endereçada aos humanos. Amaldiçoei um dos cães, foi um escândalo. Gostava dos cachorros, mas adorava minha gata, era a gata da família mas a considerava minha, preta e branca. Miava. Quando ia ter cria, dias antes preparávamos seu cesto bem aconchegante e, logo depois do parto, afogávamos os gatinhos, deixando-lhe apenas um ou dois. Numa dessas ocasiões, acordei de manhã com algo estranho entre as pernas, a gata tinha desprezado o cesto e feito a sua ninhada na minha cama. Levantei o lençol, minhas pernas cobertas de sangue, ela me olhava ciumenta e gratificada. Senti-me honrado.

Essas crises endêmicas eram amplamente compensadas pela paixão alucinada pelas minhas namoradas. Não foram muitas, só duas na minha adolescência (deixo de lado namoricos passageiros). Uma era descendente de poloneses, morria de paixão por ela e gostava dos seus pais. Ela tinha um irmão. Ela era vida e inteligência em estado puro, mas para seu irmão tudo era ruim. Ele vivia criticando a cor dos meus cabelos e a dos seus próprios: não eram suficientemente loiros, era um loiro mitigado, sem força, nem loiro, nem castanho, nem preto, um indiscutível sinal de decadência, decadência da raça que implicava uma decadência da cultura. Minha namorada mandava-me bilhetes misteriosos: folhas brancas em que o calor de uma vela acesa fazia aparecer uma tinta amarelo-clara. Deixei queimar o primeiro bilhete. Ela foi tolerante e me mandou um segundo. Deixei queimar o segundo. Ela desistiu, impaciente com minha inabilidade, minha carreira nos serviços de espionagem estava encerrada. Ela me criticava bastante pela atitude agressiva que mantinha com meu irmão, eu não chegava a compreender meu irmão como pessoa. Reinava na casa da minha namorada o que me parecia uma desejável harmonia, comparada com o clima de dissensão que marcava a rotina da minha. Certa vez, na minha frente, ela brigou com o pai, acusando-o de não entender nada, aliás, nunca entenderia, era inepto mesmo. Fiquei estupefato: como brigar com pai tão maravilhoso? Ah, se ela tivesse um pai como o meu, aí sim teria motivo para brigar. Nossos pais freqüentavam-se, os meus estimavam principalmente o pai dela, mas os contatos ficaram sempre impregnados de desconfiança. Certa vez meu pai encontrou o pai da minha namorada numa reunião de homens de negócios no Rio de Janeiro. Era dia de muito calor e esse senhor foi de bermuda. Meu pai sentiu-se agredido, é necessário respeitar os gostos e os hábitos dos outros. Quanto à mãe, era romancista e sua fala um tanto rebuscada só podia revelar pedantismo. Imagine! Meus pais é que nada entendiam de arte, a mãe da minha namorada falava poeticamente. Ela vestia-se sempre de negro. Certa vez fomos ao piquenique de alguma associação beneficente e, no fim de um dia de calor inclemente, não havia mais água. A mãe de minha namorada necessitava de algumas gotas para refrescar a boca, íamos pedindo às famílias, mas todos os garrafões encontravam-se vazios. Finalmente, um homem achou um fundo de garrafa que a mãe de minha namorada sorveu com prazer e despediu-se do homem generoso com um "Mil graças, meu senhor!". O senhor achou graça. Mas ela e seu marido acabaram tendo uma certa influência poética sobre meus pais. Lia-se muito em casa, mas meu pai não concedia carta de alforria à poesia, essa história de rimas, de não ir até o fim da linha, quando se tem alguma coisa a dizer, a prosa o diz claramente, e se não se tem nada claro a dizer, melhor calar-se. Mas eles conseguiram fazer com que meus pais aceitassem tomar conhecimento de um poeta que tinha granjeado fama desde o final da guerra, Jacques Prévert. De volta para casa comentamos o poeta e manifestei a intenção de ler a coletânea, depois evidentemente que eles dois a tivessem lido. De modo algum: esse poeta não é para criança. Não sou tão criança assim e, além do mais, a minha namorada, com dois anos a menos que eu, já o leu. Essa é justamente a questão: sua namorada está sendo muito mal educada, aliás o diretor do liceu já tinha comentado esse fato com eles, os pais são irresponsáveis ao deixá-la ler livros que estão bem acima da sua idade. Conversando com o pai da minha namorada sobre a censura vigilante com que impediam as minhas leituras, ele me tinha explicado que não fazia proibições às leituras da filha, um livro que ele achava desaconselhável limitava-se a colocá-lo na parte alta da estante, dificultando o acesso. Você não lerá Prévert: essa foi a conclusão a que chegamos no carro. Me senti envergonhado e inferiorizado diante da minha namorada, mas engoli, como de hábito. Certa noite, meus pais foram ao cinema, o livro estava no criado-mudo de minha madrasta. Observei cuidadosamente a sua posição, peguei-o, verifiquei em que página estava o marca-página. Li e adorei, Prévert era tão irreverente, caçoava tanto das instituições, incluída a família, dos bem-pensantes, dos que são calvos por dentro. Os pais da minha namorada tinham mais uma vez razão, que poeta formidável. Chegando a hora de meus pais voltarem, devolvi o livro à sua posição original com requintes de precaução. Quando o carro entrou na garagem, já estava inocentemente na cama. Dia seguinte, o furacão. Você pegou o livro. Não peguei. Pegou. Como ela podia ter percebido, se eu o tinha colocado de volta com todo o cuidado de que era capaz? Por quê, o livro não estava onde o deixou? Estava sim. Então? Acabei cedendo à força do interrogatório, após argumento irretorquível: minha madrasta me explicou que tinha observado a posição do livro em cima do criado-mudo, e de fato o livro estava na mesma posição (vitória), mas ela tinha deixado o marca-página numa determinada inclinação e, embora se encontrasse na mesma página, a posição tinha sido alterada. Nunca mais vi o livro, mas já tinha lido vários poemas, era uma pequena conquista. Um dia minha namorada anunciou que seus pais iam deixar o Brasil: e nós, como ficávamos? Ela não voltaria ao Brasil, talvez nos encontrássemos um dia, talvez, o mar apaga na areia os passos dos amantes (!) desunidos, cantava quem sabe Juliette Gréco nas caves existencialistas de Paris, inspirada provavelmente num poema de Prévert.

Os pais da minha segunda namorada estavam longe de ter o charme dos da primeira. O pai era um sujeito pequeno, magro, de um nervosismo que se manifestava constantemente nos seus gestos quebrados, na sua fala entrecortada, e morria de ciúme da filha única a quem proibia tudo. Só podíamos nos encontrar dentro do liceu. Era divorciado, a filha podia escrever uma vez por mês à mãe, e tomava conta dela uma madrasta amável, bem mais jovem que o pai e absolutamente obediente. Mas entendia os problemas da enteada e, embora tivesse ordem de não deixar a menina conversar com ninguém na saída das aulas, tolerava que nos despedíssemos um do outro. Quanto a ela ir à minha casa ou eu à dela, nem pensar. Um dia fui à sua casa, seus pais tinham saído, mas não podíamos demorar porque voltariam de um momento para outro. Saímos e fomos até um bosque, penetramos dentro de um matinho denso que nos escondia do resto do mundo. Pela primeira vez deitei em cima de uma mulher e ficamos longo tempo namorando, até que um mexer de galhos nos fez perceber que o matinho estava cercado por homens nos olhando avidamente. Sem mesmo arrumar a roupa, apavorados, saímos na disparada do nosso esconderijo, seguidos pelas gargalhadas horríveis dos olheiros. Uma grande oportunidade para namorar foi um exame que tínhamos que passar na embaixada francesa do Rio de Janeiro. Viajaríamos de avião e o pai, impedido pelos seus negócios de acompanhá-la, foi substituído pela madrasta que, apesar de tolerante, estava disposta a obedecer às severas recomendações paternas, como por exemplo a de não nos deixar sentar lado a lado no avião. E ela obedeceu tolerantemente. Fez com que sentássemos na mesma fileira de poltronas separados pelo corredor (não estávamos lado a lado), de forma que, quando não passavam comissários de bordo, podíamos ficar de mãos dadas. Esse namoro tão intenso e difícil, mas tão gratificante, pois cada beijo era uma vitória, acabou num melodrama cômico.

 Estava disposto a qualquer coisa para escapar à minha família. O que um retumbante fracasso num exame tinha agravado — nunca conseguiria fazer nada na vida —, assim como o retorno de minha primeira namorada à Europa. Tentei o suicídio. Entrei numa farmácia próxima ao barbeiro que me cortava à escovinha e pedi sonífero para minha mãe. O farmacêutico hesitou, mas como nos conhecia, acabou me vendendo um frasco que devia entregar à mãe assim que chegasse em casa. Ao escovar os dentes, tomei todos os comprimidos e fui para a cama com uma pequena coletânea de poemas de Baudelaire (poeta que meus pais detestavam, dois grandes inimigos pervertiam a mente de seu filho: Baudelaire e Picasso, de quem tinha conseguido algumas reproduções em branco e preto). Adormeci e, na manhã seguinte, levantei quando minha madrasta veio nos acordar para a escola. Onde estou? Tonto, cambaleante, caio no chão, levanto, caio em cima da cama, vomito, tudo vermelho. Mas você está doente, mas que é isso, ontem não comemos tomate no jantar, onde você comeu tomate? Minha madrasta limpa a cama e me ajuda a deitar. Dormi o dia inteiro, acordei vagamente no fim da tarde, pouco antes de meu pai voltar. Que solidão! Meu pai vem me visitar, se agacha perto da cama, pergunta se me sinto melhor, você deve ter tido uma indigestão, curioso, ninguém passou mal, só você, mas agora está bem. Não agüento de angústia e faço aquilo de que sempre me arrependia porque era uma fraqueza de minha parte: expor a minha dor a meu pai. Confesso. Tentei me matar. Meu pai não acredita, você está delirando. Insisto. Prove-o. Abro o criado-mudo e lhe mostro o frasco vazio. Meu pai se ajoelha, aperta o frasco com as duas mãos e o corpo verga até a cabeça quase encostar no chão. Você precisa de um psicólogo. Tento acalmar meu pai: não preciso, fique tranqüilo. Você acha que vou te deixar tentar mais uma vez? Não vou fazer mais. Temos que ver um psicólogo. E nunca mais se tocou no assunto, nem no psicólogo, a vida continuou no meio dos gritos e do bater de portas.

O suicídio não tendo dado resultados satisfatórios, recorri a uma segunda tentativa de fuga. Aos meus problemas familiares, acrescentava-se minha total incapacidade de passar nos exames. Depois de um dos meus fracassos, minha madrasta disse que se fosse aprovado quando me reapresentasse meu pai me mandaria de volta para a França. Era o que mais queria. O ideal. Meus avós paternos tinham morrido, para onde iria não sei, mas estaria longe da família. Em geral, era reprovado nas disciplinas em que era melhor aluno, por exemplo, filosofia. O filósofo da época era Sartre, estudei Sartre, não entendia, mas era muito melhor que os insuportáveis Platão (embora a caverna fosse engraçada), Descartes, Spinoza e Leibniz. Tive a felicidade de encontrar um divulgador, Francis Janson, sabia o livro quase de cor. Fiquei maravilhado quando dei com o conceito de bastardo. Pronto, tinha me achado, era exatamente isso que eu era. Estudei durante um ano e fui bem-sucedido no exame. Quando lembrei a promessa de me mandarem para a França, a resposta foi que não havia dinheiro e esqueceu-se o assunto. Essa desilusão deve ter pesado na decisão de tentar nova fuga, dessa vez apoiado por minha segunda namorada. Não sei exatamente como, conseguimos catar dinheiro suficiente para uma viagem de ônibus até o Rio. Viajei e quatro dias depois a encontraria diante da embaixada da França, único ponto de referência que conhecíamos no Rio. Ela iria ao Rio acompanhar a madrasta que devia consultar um médico. Com o magro dinheiro que sobrara da viagem, passei quatro dias tomando alguns cafezinhos e um pão com manteiga por dia. Descobri a Biblioteca Nacional, aonde ia assim que abria para tentar me lavar. E depois procurava um banco para dormir, pois não dormia à noite de tão amedrontado que ficava. Mais ainda quando uma manchete de jornal divulgou um crime ocorrido na Lapa, justamente o bairro onde ficava, o que sabia por ter visto uma placa: Rua da Lapa. Uma tarde, caminhei longamente e cheguei a um parque, grama, imensas árvores, deitei, lindos bichinhos medrosos corriam por perto — era a Praça da República e suas cotias. Mal falava português, o que podia fazer? Nada me passava pela cabeça, a não ser esperar que passassem os quatro dias. Ir para o consulado ou para alguma loja de franceses, cuja existência conhecia, implicava ser devolvido imediatamente a meus pais. O jeito era agüentar os quatro dias, ao cabo dos quais encontrei a minha namorada no lugar e hora previstos. Abraçávamo-nos quando de cada lado do quarteirão despontaram minha madrasta e meu pai feitos furacão e me seguraram firmemente cada um por um braço. Aí terminou a fuga — devido à minha total ingenuidade e falta de iniciativa mais construtiva. Em São Paulo os escândalos se tinham amontoado. Dando-se conta do meu desaparecimento, meus pais comunicaram o fato à polícia (e particularmente à polícia dos portos: meu pai me disse que receava que embarcasse num navio qualquer para qualquer destino. Como não pensei nisso?) e procuraram os pais de minha namorada. O pai dela descobre então que sua filha tem um namorado e que sua esposa é cúmplice. Vendaval. A moça, pressionada pelos seus pais e pelos meus, acaba entregando o ouro. Meus pais me levaram para um hotel onde encontramos meu irmão, me fizeram tomar um banho reforçado, me alimentaram e meu pai disse que ficaríamos uns dois dias no Rio, fazendo turismo, o Corcovado, o Pão-de-Açúcar. Cedo no dia seguinte ao reencontro, após a noite passada no conforto de uma cama, rumamos para São Paulo, onde se deu o acerto de contas. Expliquei que não queria mais viver com a família. Meu pai foi intransigente: ficaria até os vinte e um anos, qualquer nova tentativa de fuga, daria parte à polícia, a lei era a favor dele. Não procurei saber que lei era essa (teria sabido que a idade fixada para homens era dezoito e não vinte e um). A minha revolta me fazia dar violentas cabeçadas contra as paredes, mas não conseguia tomar atitudes eficientes e conseqüentes. Agüentei mais alguns anos.

Desde a pequena oficina numa garagem da periferia paulista, meu pai tinha prosperado bastante. Associava-se com pessoas abastadas que conseguia convencer de que estávamos às vésperas da fortuna e de um futuro mirabolante. A previsão não se concretizava, os sócios retiravam-se e outras associações fantásticas formavam-se para, pouco depois, murcharem de novo. Percebi que nada do que meu pai fazia se consolidava, tudo se desmanchava, palavras otimistas e grandiloqüentes. Disse o que pensava a meu irmão, o que resultou numa das maiores brigas na história das relações com ele. Ele me acusou de não gostar do pai e de não prestigiar seus esforços criadores. Eu o acusei de não conseguir enxergar um pouco além do ombro do pai dele. Disse que, quando conseguisse, a queda seria grande.

No dia do meu vigésimo primeiro aniversário, meu pai veio como de costume nos acordar e nos dar um beijo antes de sair para o trabalho. "Até a noite." Antes de ele fechar a porta, respondi: hoje à noite não estarei mais aqui. Meu pai não reagiu e fechou a porta. Levantei, pedi a minha madrasta que me emprestasse uma mala. Ela acedeu, desde que a devolvesse no mesmo dia. Fui até a quitinete que um amigo — o homem de preto — e eu tínhamos conseguido emprestada para morarmos juntos, depositei minhas coisas e voltei para devolver a mala. Durante um ano, não vi mais meus pais.

Pouco depois da fuga frustrada, minha namorada voltou à França. Tencionávamos nos reencontrar um dia para casar. E apareceu o homem de preto. Eu era balconista numa loja de tecidos quando entrou um homem magro, altíssimo, inteiramente vestido de preto, a não ser a camisa branca, brasileiro falando um francês perfeito. Queria ver uma casimira preta e uma casimira branca com finas listras pretas, não, listras azul-marinho ou cinza-escuro, e um algodão, não, para calça seria melhor um linho, mas não tão liso, um escocês não. Abri e fechei cones de tecido a tarde inteira, ao fim da qual ele foi embora sem ter comprado nada. Levei a devida bronca do gerente da loja: é da arte do vendedor sentir se o freguês vai comprar ou não, induzi-lo a comprar e, percebendo-se que não há futuro, passar a outro freguês. Respondi que se ganhássemos comissão sobre as vendas essas situações não ocorreriam. Mas a questão não estava aí: estava fascinado pelo homem de preto. Passei dias obcecado por ele. Voltaria? Um amigo me confortou, convencendo-me de que voltaria. Voltou, para me convidar a tomar um chá ao som dos violinos da Confeitaria Vienense e com ele fui morar ao deixar a família.

Encontrei um corte de cabelo que me agradava: era curtinho mesmo, que nem escovinha, mas penteado para a frente, o corte celebrizado por Marlon Brando. Também entendi que não era tanto a viuvez de Lady Hamilton que me emocionara, nem a morte do almirante ou a do cisne. Mais exatamente: a viuvez da Lady pode, sim, ter sido a causa de minha emoção, mas, agora, deixara de ser. Sob supervisão médica, tomei ácido lisérgico. Foi no quarto de um elegante hotel paulista, o médico me deu para beber uma dose de um líquido incolor. Sentado numa poltrona, aguardava o efeito. Olhava o tapete de estilo persa, nada de suas formas se mexerem, de suas cores se tornarem mais agudas. O médico me pergunta se quero um reforço. Tamanha era minha resistência que nem assim o efeito se produz. Ele me pergunta se quero andar um pouco. Descemos, atravesso o saguão imenso e vou me sentar na última poltrona. Ele se senta a meu lado. Digo-lhe que vou ao banheiro. Era hora de almoço, homens lavando a mão, urinando. Deito no chão bem no meio do banheiro. Fico, ninguém me importuna. O médico me ajuda a levantar, voltamos ao quarto e deito num sofá disposto num canto de modo que a cabeceira não devia distar da parede mais que uns sessenta centímetros. Vejo formas circulares de cores extremamente vivas, rosáceas. De repente tudo se organiza. Lady Hamilton, não era sua dor que me deixara doente, era o semicírculo. *A morte do cisne*, o que me fascinava não era a morte, nem a queda final, nem a trajetória que a bailarina tinha de percorrer para alcançar o ponto do palco onde cairia, eram os círculos que descrevia antes de cair, é nesses círculos que começa o definhamento do cisne. Me vem à mente um quadro visto na primeira ou segunda Bienal de São Paulo, de que não tinha gostado particularmente nem achava realmente bom, mas que exercia sobre mim um fascínio um tanto misterioso. Era um quadro pequeno de fundo cinza sobre o qual desenhava-se uma mancha de um cor-de-rosa aveludado cujo contorno se esfumava. A mancha era circular. Essas várias emoções organizam-se em torno da figura circular. Pulsações concêntricas passam a animar as rosáceas com movimentos dirigidos do centro para a periferia. Conservando suas cores metálicas, as rosáceas ganham volume, adquirindo uma forma não propriamente esférica, mas que poderia lembrar a de um ouriço (sem os espinhos), intensificam-se as pulsações peristálticas que ganham meu próprio corpo, atingido por espasmos que o levantam do sofá. Meu corpo desce pelo vão entre o sofá e a parede e, já com a cabeça quase embaixo do sofá, fico engastado, não conseguindo evoluir nem num sentido nem noutro. O médico me ajuda a sair dessa enrascada. Sinto um grande relaxamento. Ele me pergunta se quero continuar ou interromper a experiência. Daí a pouco me daria outro produto para fazer regredir o efeito da droga. Sento no sofá e ele me pergunta como foi. Digo-lhe que tinha nascido de novo, que tinha me nascido. Uma amiga esperava-me na portaria do hotel. Dias depois volto a encontrar o médico para a análise da experiência. Seu veredicto não me foi favorável. Explicou-me que o indivíduo é como a humanidade, passa por fases que começam na Pré-História e evoluem até os tempos modernos. E eu não tinha ultrapassado a Idade Média. Seu julgamento não me deprimiu, eu vivia uma vitória. Não o círculo, mas a minha relação com o círculo me estruturava, podia confiar em minhas emoções que, por mais arrebatadoras e incompreensíveis que fossem, tinham uma lógica interna. A partir daí, passei a combater o círculo e evoluí para o labirinto e o fragmentário.

Anos mais tarde, minha madrasta morreria. Um caroço no pescoço levou logo ao diagnóstico de câncer. As forças foram definhando. Cada vez mais tempo na cama. Dores aumentando. Ela ora acreditava estar com câncer, ora negava. Meu pai sabia da doença e achava prejudicial que ela soubesse. Falava-se em tudo menos em câncer. Minha madrasta era enviada a inúmeros especialistas, estômago, intestinos e, apesar das aplicações de raios, conseguia-se sempre driblar o câncer, driblar a palavra câncer. Eu achava essa situação nefasta e, às vezes, não chegava a ter certeza se meu pai fazia tudo de caso pensado ou se ele próprio tentava convencer-se de que sua esposa não estava com câncer. Minha madrasta passou a viver num ambiente artificial de que ela se ressentia, compreendendo muito bem que as pessoas a enganavam e perdoando meu pai porque entendia que se comportava assim por amor a ela. Falou-se de um conjunto comercial em construção, cuja placa anunciava que ficaria pronto em cinco anos, ela comentou que esse prédio nunca veria, mas imediatamente, como de hábito, vozes ergueram-se em volta dela: que é isso?, daqui a uma semana você está em pé. Ela não insistia. Cheguei a falar com o psicanalista que lhe dava assistência, precisava furar esse bloqueio. Ele achou impossível, a comédia tinha ido longe demais e o problema estava mais no meu pai que na sua mulher. Certa vez, amigas estavam reunidas em volta da sua cama celebrando a saúde que, em dias, você vai ver, recuperaria. Saíram as amigas e ela me disse que não agüentava mais esse tipo de situação, sabia que estava com câncer e que não demoraria a morrer. Silenciosamente eu abanava a cabeça, não reforcei o que dizia mas tampouco contestei. Disse-me que eu era a única pessoa com quem conseguia falar da morte e começou a estabelecer-se entre nós um contato íntimo, de confiança, em torno da morte que se aproximava. Ora ficava com ela, ora com meu pai que tentava se armar de jovialidade para entrar no quarto dela. Ele comentava com um amigo que é incrível uma coisa dessas nos cair sobre a cabeça, a gente se acredita imune a tais coisas, pensa-se sempre que pode acontecer aos outros, nunca a nós. O amigo, que tinha outra filosofia, tentava furar a couraça: somos frágeis, vivemos ameaçados, sempre à beira de uma catástrofe, nossa força está minada pela fraqueza, a felicidade está sempre por um fio. Meu pai considerava delirante esse amigo que se esforçava sinceramente para acalmá-lo, fazendo-o aceitar a inevitabilidade dos fatos. Essa inevitabilidade não passava de uma debilidade, pois meu pai negava-se a ver qualquer diferença entre a sua couraça e a realidade. A realidade é algo que se controla, que se faz, sobre o que se mantém domínio. A realidade que ele queria para si era a realidade. Se não coincidissem as duas realidades é que havia um erro em algum lugar, e esse erro, mesmo que não mais consertável, poderia ter sido evitado se tivesse havido lucidez bastante. Meu pai — para o furor contido de seu amigo e minha inquietação crescente — se recusou a considerar-se vencido pelo câncer e pela morte. Tendo lido em alguma revista de divulgação que o câncer podia ter causa emocional, desenvolveu a idéia de que ele mesmo tinha provocado o câncer nela. Desse modo, recuperava o domínio sobre a realidade, ele era o responsável, a realidade não o manipulava, ele é que a manipulava, ainda que involuntariamente. Imaginou situações em que teria provocado a doença. Era um tanto difícil achar, mas acabou fixando-se numa, não lembro qual. Minha madrasta, depois de meu irmão e eu termos saído de casa, queria voltar para a França, e meu pai via-se na constante obrigação de recusar: o que faria ele na França?, todos os seus negócios estavam agora no Brasil, ir para a França viver em condições inferiores às que tinham no Brasil não valia a pena, você acabaria sofrendo com isso. Acho que foi essa recusa que meu pai escolheu como causa provável do câncer, embora, por vezes, encontrasse outra.

Essa aproximação terminal com minha madrasta me levou a rever os anos precedentes de nossa vida às turras. Embora de temperamento difícil, dada a gritos e a bater de portas cotidianamente, a enxaquecas que a obrigavam a trancar-se no escuro durante horas, teria certamente havido uma possibilidade de nos entendermos. E localizava o nó de nosso feroz desentendimento no fato de que nunca aceitei, talvez não deva dizer que ela substituísse minha mãe, mas que se impusesse e fosse imposta como mãe verdadeira. Até hoje acredito que se não tivéssemos sido obrigados a chamá-la de mãe, se nos tivéssemos relacionado com ela como a segunda esposa de meu pai, se eu não tivesse sido obrigado a engolir a marteladas essa ficção que recusava tão profundamente, uma relação afetuosa poderia ter desabrochado. Afeto que poderá ter despontado aqui e ali durante os nossos anos de convivência, mas sem profundidade, porque há momentos em que o adolescente torturado não agüenta mais e precisa de um porto, mesmo que não seja o porto que deseja. Há momentos na tortura em que precisa desabafar, então procura um ombro, o primeiro que passa, ou o ombro mais institucionalizado. Mas esses momentos de afeto dificilmente saíam da superficialidade, embora pudessem ser tranqüilizadores, porque o essencial não podia ser dito, se dito, o vendaval voltaria. Por vezes, dizia a meu pai que precisava falar com ele, marcava-se hora, encontrava-o postado atrás da escrivaninha, desabafava, meu pai respondia que aquilo ia passar, eu ficava mais tranqüilo e no dia seguinte sentia remorso por me ter entregue. Os desabafos com minha madrasta não eram tão formalizados mas tinham o mesmo sentido.

E agora, saindo ou chegando à casa fúnebre, sentia-me próximo a ela, duas pessoas conseguiam dialogar, encontrar-se. Pensava na outra mulher que ela poderia ter sido como madrasta. Nascida em Argel, se juntou a um grupo teatral em turnê que, contra a vontade da mãe, a levou a Paris. Fez teatro, tentou o cinema trabalhando como figurante na *Marselhesa* de Jean Renoir, acabou se tornando cantora. Durante a guerra — contou-me muitas vezes — atravessava Paris de madrugada, após o toque de recolher, com medo da Gestapo, de volta do estúdio onde cantava. Depois da guerra chamavam a meu irmão e a mim para ouvi-la no rádio. O ouvido encostado no rádio, havia algo de mágico em ouvir essa voz sem ver a pessoa.

Cantava o que na época chamava-se "chansons de charme". Lembro de fragmentos de algumas delas.

> *La pluie s'arrête*
> *et découvrant l'horizon*
> *la lune montre la tête*
> *et fait briller*
> *le toit mouillé*
> *de ta maison...*
> *Viens demain*
> *car dans la nuit sans fin*
> *j'ai tellement de chagrin*
> *quand tu n'viens pas**
>
> *Bon pour du bonheur*
> *c'est tout un programme*
> *et ce doux programme*
> *fait chanter mon coeur***

Parece que a carreira dela ia crescendo. Um belo dia, pilhas de cartazes monumentais encheram o sótão da casa: seu rosto em alto-contraste, preto sobre fundo branco, embaixo o nome artístico. Era material para um grande lançamento publicitário, os cartazes deviam ganhar as ruas e o metrô, mas não ganharam. Meu pai a tinha instado a escolher entre ele e a carreira. Ela escolheu. Vez ou outra,

---

* A chuva pára/ e descobrindo o horizonte/ a lua mostra a cabeça/ e faz brilhar/ o teto molhado/ de tua casa.../ Vem amanhã/ pois na noite sem fim/ sinto tanta mágoa/ quando não vens.
** Passaporte para a felicidade/ é um programão/ e tão doce programa/ faz cantar meu coração.

no Brasil, se aludiria aos cartazes, em conversas breves, nunca na presença de meu pai.

Com a morte de sua esposa, meu pai entrou em estado de depressão profunda. Nada tinha salvo a paixão de sua vida. Queria enlouquecer, eu tentava explicar-lhe que não enlouqueceria por vontade própria. Tentou o suicídio. As drogas ingurgitadas e um tiro de revólver no pulso lhe valeram dias de coma e uma boa crise de culpa: ele tinha feito um pacto com sua esposa, de que o sobrevivente se suicidaria. Levantava a questão: traí o pacto, fingi o suicídio, me enganei a mim mesmo, fiz tudo com a intenção involuntária de não morrer? Queria compor uma junta com todos os médicos que trataram dele para que concluíssem cientificamente se de fato tinha colocado sua vida em risco. O médico principal não aceitou a sugestão, mas conseguiu convencê-lo de que poderia ter morrido. Às vezes ele chegava à conclusão de que era culpado, outras, que tinha cumprido o pacto e que só o acaso, independente da vontade dele, o tinha salvo. Voltou às suas atividades, mas ocorria-lhe pensar em nova tentativa. Foi num dia assim que me telefonou para que fosse almoçar com ele; encontrei-o deprimido. Conversamos longamente, sobretudo a respeito de suicídio, sobre a família também. Ainda estava em dúvida quanto à sinceridade de seu suicídio fracassado. Havia noites em que a voz da esposa defunta lhe dizia que o pacto tinha sido cumprido, mas lhe dizia isso por generosidade, por amor, para tranqüilizá-lo. Repetiu que a grande mágoa de sua vida era não ter conseguido fazer com que os filhos amassem a mãe. Conversar acalmou meu pai. Para aliviar um pouco mais o ambiente, comentei que pertencíamos ambos a uma família em que o suicídio não dava certo. Meneou a cabeça concordando, depois perguntou: por que você diz isso? Eu é que tentei suicidar-me e fracassei. Repliquei: na família há pelo menos duas pessoas nessa mesma situação. Não entendeu. Quem é a outra pessoa?

Quase um quarto de século após a nossa chegada ao Brasil, morta minha madrasta, tendo tentado o suicídio meu pai, pela primeira vez e totalmente por acaso, voltei à França. Me fiz de durão, no avião peguei um romance, não queria me emocionar. Cheguei tarde demais para encontrar o amigo que ia me hospedar. Tinha que pegar um hotel por uma noite. No aeroporto, havia ônibus para várias direções, tomei um para a Praça da Itália. Me mantive durão, mas um choro convulsivo me dominou. Controlando-o na medida do possível, fui falar com uma aeromoça que estava no ônibus, para perguntar se conhecia um hotel barato onde pernoitar. Me indicou onde descer. Estranhei os costumes, precisava pedir uma chave para ter acesso ao banheiro e pagar um suplemento para o banho. Saí, caminhei um pouco, cheguei a uma ampla avenida que me pareceu próxima de onde tinham morado meus avós, de onde eu tinha morado muito tempo, avenida onde aconteceu um fato memorável. Estávamos voltando para casa, subindo pela calçada quando, ao longe, minha avó avistou um negro que vinha descendo. Comentou que precisava tomar cuidado, pois os negros cortavam o zizi dos meninos. Quando o negro chegou à nossa altura, passei para o outro lado da minha avó para que ficasse entre o negro e mim, me senti protegido. Na nossa família ninguém era racista, simplesmente realista. Todo mundo tinha amigo judeu, mas era só aparecer alguém com nariz vagamente adunco para surgir a pergunta: será judeu? Não que tenha algum preconceito, imagine. Ninguém se perguntava se, por acaso, não se trataria de um descendente dos Bourbons, cujo nariz era reconhecidamente proeminente.

Atravessei a avenida e dei com a rua, caminhei para alcançar o prédio. Fiquei em dúvida. Das janelas da sala de jantar e do salão via-se o pátio de uma escola técnica. Fiquei na altura da escola para localizar o prédio, mas havia vários de onde se poderia ter a mesma vista da escola. Caminhei para cá e para lá. Fiquei em dúvida. Fora diante desse prédio que não reconhecia que vi meus avós pela última vez. Minha avó chorava e repetia: "Nunca mais os verei". Meu pai dizia: "Que é isso? Claro que os verá de novo, é só por um tempo". Nunca mais nos vimos. De Nice e depois do Brasil, lhes escrevemos com uma freqüência cada vez mais distante. Um dia chegou a notícia da morte da minha avó. Tempos depois, meus pais retornaram à França e visitaram meu avô que tinha voltado para perto da família no sul da França. Trouxeram-me um blue jeans americano da melhor qualidade. Perguntei do meu avô. Respostas lacônicas. Estava doente, uma enfermeira cuidava dele. Olhares enviesados, palavras evasivas, silêncios e suspiros de reprovação me fizeram entender que coisas abomináveis estavam acontecendo: a enfermeira, para conseguir um lugar polpudo no testamento, cedia às tentações do avô. Uma manhã, uma carta anunciou a morte de meu avô. Meu pai não foi trabalhar, trancou-se no quarto de janela fechada, reapareceu à noite, tinha chorado muito. No dia seguinte, comentei que ao saber da morte da mãe não tinha tido reação tão violenta, aliás, nenhuma reação aparente. Limitou-se a dizer que não gostava da mãe, com uma careta de displicência.

Não reconheci o prédio e fui embora, sentindo-me inesperadamente aliviado. Alegre, comi um sanduíche e caminhei pelas ruas de Paris. Fui cortar o cabelo, demorei para escolher, queria um cabeleireiro que fosse bom. Comentei com ele o que me levara a escolhê-lo em detrimento de outros. Conversamos longamente sobre a minha volta a Paris. Achou tudo muito interessante, estava louco para conhecer o Brasil, um primo dele tinha viajado pela Amazônia, mas ainda havia gente para acreditar que a capital era Buenos Aires e se encontravam jacarés em São Paulo, veja se pode. A conversa foi agradável. Na casa de um amigo fiquei sabendo que daí a dias teria início um congresso interessante em Argel, resolvi ir. Não tinha dinheiro para tanto, meu amigo me deu um contato. Telefonei. A pessoa procurada não estava, mas o homem que atendeu estava autorizado a marcar encontro com o contato. Como nos reconhecermos? Eu vestiria uma malha amarela. A resposta foi que havia muitas malhas amarelas e essa não seria uma identificação suficiente. Teria um jornal brasileiro na mão. Não tinha jornal, fui comprar um numa livraria francesa e me instalei numa mesa do café combinado, com o jornal bem à vista, vestindo a malha amarela. A hora passa. Se o contato não viesse, não perderia nada, era uma tentativa. Perto de mim, em voz bastante alta, um homem que acabava de chegar desculpa-se pelo atraso, pergunta a seu interlocutor se é a pessoa recém-chegada do Brasil que estava esperando por ele. Cansado, ainda perturbado pela emoção e tendo dificuldade para recuperar um francês fluente, me viro e digo: "Mas é comigo que o senhor quer falar". O homem se volta para mim e me olha estupefato e interrogativo. Possível uma tal coincidência? Viro-me mais um pouco e percebo que o interlocutor está de malha amarela. Os dois estouram na maior gargalhada. Com passagem de ida e volta e estadia pagas, fui ao congresso. Nos hospedaram num hotel de luxo fora da cidade, tive impressão de que éramos bastante vigiados. Após o congresso permaneci mais de um mês em Argel. Visitava ruínas romanas e, em companhia de amigos brasileiros, fumava haxixe que não me fazia efeito algum. Nas proximidades da casbá, um rapaz esbarrou em mim para me roubar o relógio. A pulseira era tão velha que ele não conseguia abri-la, conversava comigo para disfarçar. Não roubou o relógio e nos tornamos namorados por uns dias, ele estava tendo um caso com outro francês, gostava de franceses. Houve uma festa do carneiro, o sangue pingava dos telhados nas ruas vazias, mas a família dele não quis me receber, eu não era árabe e ainda por cima era francês. Conheci a rica nova burguesia argelina que tomava um Chivas abundante. Para não perder as tradições, eles comiam no chão um carneiro cuja gordura pingava sobre vestidos suntuosos, viviam entre um nacionalismo agressivo e a nostalgia da elegância parisiense. Voltei para Paris. Meu pai nunca foi a Argel. O que eu tinha ido fazer em Argel? Um irônico circuito estava montado. Ir a Argel era como um voltar às fontes, mas a fontes de empréstimo, pois em Argel tinha nascido minha madrasta. Eu, que tinha brigado quase diariamente com ela durante onze anos até o dia em que me emprestou a mala, eu ia a Argel, mas não meu pai que tinha vivido essa paixão e fracassado no seu desejo de que os filhos também a amassem. Comentei com meu pai o comentável da viagem a Argel, nem um pio sobre sua potencialidade simbólica.

Minha mãe morreu poucos anos depois, parece que de câncer no pulmão. Estava hospedado no Rio de Janeiro em casa de amigo. Volto tarde da noite e vejo meu amigo constrangido, fazendo menção de querer falar comigo. Só isso deixava supor que algo inesperado acontecera, pois esse amigo era tão casmurro que permanecia trancado no seu quarto e só raramente falava. Algo te aconteceu? Não, a você. Recebi um telefonema de teu irmão, tua mãe morreu — e visivelmente confuso, mal conseguindo se expressar, acrescenta — mas não sei qual, você já me contou que tem várias mães. Fique tranqüilo, a do Brasil já morreu, só pode ser a outra. Tinha que ir a São Paulo imediatamente. Chegando, fico sabendo que um advogado francês, especializado em buscar herdeiros extraviados, estava à nossa procura. Hesitara entre a Argentina e o Brasil, mas resolvera começar pelo Brasil. Por quê? O viúvo, que nunca chegamos a conhecer, lhe contara que, após o falecimento da esposa, a justiça lhe revelou a existência de dois herdeiros, o que alegou ignorar: minha mãe nunca o teria informado sobre os filhos e, como era casado em comunhão de bens, a justiça exigia que seus bens fossem repartidos com esses desconhecidos. Seus bens foram embargados até que se localizassem os tais herdeiros. Lembrava-se vagamente de que minha mãe lhe teria dito que seu primeiro marido emigrara para a América Latina, sim, o Brasil, ou a Argentina. Não estava totalmente errado, já que parece que meu pai e sua nova esposa teriam preferido a Argentina, as circunstâncias os levaram para o Brasil, que, no entanto, durante uns tempos, foi considerado uma etapa em direção à Argentina, mas a penúria em que nos encontramos fez com que ficássemos no Brasil. E para o Brasil rumou então o advogado que, bom profissional, nos descobriu de imediato. Meu irmão e eu nos recusamos terminantemente a aceitar essa herança, aliás, irrisória: como prejudicar um homem que desconhecemos? O advogado insiste: temos que aceitar, cada um, um terço da herança, é essa a partilha legal, já que a falecida não deixou testamento. Recusamos. Finalmente, diante da insistência do advogado, acabamos aceitando, cada um, um terço da caderneta de poupança que minha mãe deixara. Intuo que o advogado, que não parecia defender com afinco os interesses do viúvo, precisava que aceitássemos uma parte da herança para engordar os seus honorários e consolidar a sua fama de descobridor de herdeiros perdidos. Pelo menos, o viúvo ficou com sua pequena oficina mecânica.

Rumei para o escritório de meu pai, que encontrei na sua pose emblemática de pessoa receptiva, solidamente instalada atrás da possante mesa de trabalho. Intróito: sei que você nada tem a ver com isso, mas talvez fosse bom você saber — anunciei a morte, denominando a falecida pelo prenome e não pelos títulos de "sua primeira esposa" ou "minha mãe". Foi compreensivo ao receber a notícia, aceitou que não houve intenção agressiva da minha parte ao lhe comunicar o ocorrido, você fez bem em vir aqui, afinal, convivemos vários anos e tivemos dois filhos, é uma fatia de vida. Me contou a sua versão da separação. Durante a guerra, meu pai conseguia mandar a minha mãe algum dinheiro, que ela gastava em boates e não na comida e roupa das crianças. Mas havia mais: logo no início da ocupação ele recebera a desagradável visita de oficiais alemães, que lhe asseguraram que nada lhe aconteceria, nem a sua família, nem a sua fábrica, se continuasse a produzir e passasse a produção para o exército alemão. Vendo-se em perigo, argumentou e conseguiu que um prazo lhe fosse concedido para dar resposta. E desapareceu. Só que, antes de desaparecer, passou a fábrica para o nome de minha mãe e do contramestre. Lembro de uma situação que entra certamente nessa cadeia de fatos. Meu pai não está. Há um almoço com vários convidados em volta da mesa redonda, perto de imensa janela. Explosões. Os vidros voam. Estávamos sendo bombardeados. Minha mãe urra o nome de meu irmão, que não devia ter ainda dois anos, e precipita-se em direção ao quarto onde estava dormindo. A segunda imagem que guardo desse bombardeio: estamos na porta da adega, em que família, convidados e empregados se engolfam; contra a porta, vejo um amigo de meus pais excepcionalmente alto, seu rosto, cravado de estilhaços de vidro, pinga sangue — o primeiro sangue de que me lembro —, ele segura meu irmão nos braços. Posteriormente vim a saber — quando? por quem? — que foram jogadas cinco bombas em torno da fábrica e da casa, sem atingi-las: era uma advertência, o prazo obtido por meu pai encerrava-se no dia seguinte. Finda a guerra, minha mãe, que tinha conseguido dominar o contramestre, recusou-se a devolver a fábrica a meu pai, acusando-o de colaboração com os alemães. Como os alemães, tão intransigentes, vitoriosos, cruéis, teriam concedido o tal prazo, se meu pai não tivesse feito algum acordo com eles? Como explicar que, se meu pai tinha realmente se recusado a passar a produção para os alemães, a fábrica não tivesse sido bombardeada? Minha mãe abre processo e consegue arrastar meu pai ao tribunal. Situação estapafúrdia para quem lutara na resistência e para quem, no final da guerra, estava presidindo um tribunal justamente com a finalidade de julgar colaboradores. Guardo outra reminiscência dessa seqüência de fatos. O carro está estacionado diante de imponente edifício — o tribunal. Meu pai desce e, antes de fechar a porta, volta e estende o braço em direção ao porta-luvas, passando diante de meu irmão e de mim, que estávamos no assento ao lado do motorista. Abre o porta-luvas e dele tira um revólver. Minha avó que, junto com meu avô, estava sentada no banco traseiro, grita: "Lembre-se de que você tem dois filhos", o movimento de meu pai estanca por um instante e ele sai com o revólver. De que não fez uso. Ganhou o processo instantaneamente, mas devido à lenta burocracia da justiça e à situação de pós-guerra seus bens ficaram embargados. Após essa longa explanação, meu pai me pergunta se tinha revisto minha mãe. Achei a pergunta surpreendente. Quando? Ele diz que tinha certeza de que a primeira coisa que eu tinha feito ao voltar à Europa tinha sido procurar minha mãe. Aí fiquei surpreso foi comigo mesmo. Não só não a procurei, como essa idéia nunca me passou pela cabeça.

Meu pai morreria de câncer. Durante anos, enfrentou a doença com coragem e energia. Hemorragias internas provocaram extrema fraqueza e mais de uma vez pensamos que estava prestes a morrer, internava-se no hospital e se recuperava. Sempre achei que quando se aproximasse do fim faria o possível para ajudá-lo, mas que sua morte não me afetaria. A experiência provou ser diferente. Certa vez, no hospital, extremamente debilitado, meu pai disse uma bobagem. Drogas violentas lhe afetavam o raciocínio e a memória, e ele fez uma confusão sem importância, devolvendo-me uma revista que eu lhe teria emprestado naquele dia de manhã, quando de fato lhe tinha emprestado dois dias antes. Eu estava no banheiro e, quando disse isso, senti, pelo tempo de um relâmpago, as pernas vacilarem, as pernas ou vacilar o chão, ruir o pedestal em que estava solidamente apoiado. Me recompus imediatamente, inclusive para não deixar transparecer o abalo, a situação foi logo superada. Saindo do hospital, tentei entender o ocorrido. O que tinha vacilado era a imperturbável lógica que para mim era a marca registrada de meu pai e que nos tinha educado. Lógica essa contra a qual sempre lutei por senti-la como uma limitação da vida, da experiência, da sensibilidade, como um prejuízo para mim mas para ele também. E de repente essa lógica afundava, desmoronava o que — por bem ou por mal, que tenha sido do meu gosto ou não — me tinha criado, o meu embasamento. Entrei num estado de depressão que se aprofundou dias depois: costumava visitar meu pai na hora do almoço, ele comia insuficientemente, queixava-se da má qualidade da comida do hospital e deixava o bife intocado; mais de uma vez insisti para que comesse mais. Ele, por sua vez, insistia para que eu comesse o bife, sempre recusava. Após mais uma dessas insistências, após mais uma de minhas recusas, me irritei, perguntando-lhe quantas vezes teria que lhe dizer que era vegetariano, o que sabia havia anos. Certo dia, o médico perguntou-me se meu pai alimentava-se adequadamente, respondi que não, então eu podia trazer comida de casa, não havia problema de dieta. Eu já tinha feito tal proposta a meu pai, que nunca aceitava. Nesse dia, após a refeição, antes de ir embora, renovei a proposta: recusa habitual. Digo-lhe então: "Depois dessas boas palavras, vou embora". Ele replica: "Tá bom, pode ir, após essas reflexões edipianas, vai...". Meu pai falava baixinho, era necessário dobrar-se sobre a cama para entender. "Como? O que foi que você disse?" Ele repete: "Após essas reflexões edipianas, vai". Eu: "Mas por que edipianas? O que você quer dizer?". Em voz baixíssima, explica: "Nós somos gênios, então temos que conversar como gênios. Édipo é uma boa figura. Poderia ter escolhido outra, Platão, por exemplo. Por isso digo: após essas reflexões edipianas, pode ir". Nunca ficou claro para mim o que meu pai quis dizer, se ele percebia que sua morte presumível afetava meu equilíbrio. Tanto mais que meu pai não era dado — me parecia — a delicadas intuições. Talvez a velhice, a proximidade da morte, tornassem mais aguda a sua sensibilidade. Essa estranha conversa intensificou minha depressão. Não conseguia fazer mais nada, nada me interessava, entrei em pânico:

e se a morte de meu pai me tirasse a vontade de qualquer coisa, se eu não conseguisse superar essa depressão? — o que era uma reação preocupante da minha parte, porque, por mais fundas que sejam minhas depressões, fico sempre com a impressão de que as vencerei e voltarei à tona. Um terceiro capítulo me fez voltar à tona. Meu pai fazia muitas confusões com o tempo. Recomendei-lhe mais de uma vez que usasse seu relógio para se orientar. O relógio estava quebrado e ele não queria mandar consertar porque sairia caro demais, nem aceitava que eu o mandasse consertar. Um dia, disse-lhe que ia levar o relógio, pediria orçamento e depois resolveríamos o que fazer. Aceitou a proposta. Peguei o relógio mas não tinha bolso onde colocá-lo com segurança. Fui prendê-lo no pulso esquerdo, onde já estava o meu próprio relógio, e o afivelei no direito. Nisso senti um calafrio me percorrer a espinha. Colocar o relógio dele no meu pulso era como se colocasse a coroa na minha cabeça, como se o despossuísse de seu cetro e me apropriasse dele. Essa sensação não me foi nada desagradável, mas foi tão nítida e intensa que receei que a percebesse, pois era como a oficialização da sua morte. Para aliviar a situação, tentei fazer uma piadinha inteligente: "Se alguém perguntar por que ando com dois relógios, responderei que um está aí para vigiar o outro", no que levanto a mão direita como a indicar que era o relógio desse pulso que vigiaria o outro. Me peguei em flagrante, sorri meio amarelo, me despedi e saí. Lá fora, no jardim cheio de árvores do hospital, sentia as costas leves, estava alegre, minha depressão se tinha dissipado por completo. Meses depois, meu pai morreria definitivamente.

Meu pai tinha conhecimento de seu câncer e encarava racionalmente a aproximação da morte, era um desfecho lógico. Raramente deixava transparecer algum desespero, pois a lógica e sua coorte de raciocínios controlavam tudo, aparentemente. Uma vez a lógica foi pega em flagrante, mas meu pai não deu o braço a torcer. Numa cama de hospital, me informou que o médico lhe tinha anunciado que teria provavelmente de ser operado. Meu pai teceu uma série de conjeturas sobre o fato, quanto tempo teria de ficar hospitalizado, preparação para a operação, o pós-operatório, tudo isso retardaria e talvez inviabilizaria uma reforma que planejara na loja de que cuidava. Contra-argumentei que sim, caso fosse operado, mas ele mesmo tinha dito que seria *provavelmente* operado, não *certamente*. Meu pai estava convicto da operação. Eu contra-argumentei que isso não era enfrentar todas as possibilidades da realidade, já que ele podia não ser operado. Ele se irritou, eu raciocinava com o nariz encostado na parede e não enxergava nada. Dias depois, meu pai saiu do hospital, não fora operado. Mostrei-lhe que a sua análise da realidade tinha falhado e a minha nem tanto. Riu: isso não passava de uma circunstância, de mero acaso. Escorado em "logos" e "portantos" que erguiam andaimes autônomos, ele imaginava a realidade sob controle e *portanto* o seu câncer. Uma ou outra vez, a couraça pode ter falhado, o que um olhar breve ou um pequeno gesto podiam denunciar furtivamente. Uma noite ele me telefonou com voz pastosa, queria falar comigo mas não queria que eu fosse a sua casa, e me anunciou que se suicidaria em breve. O dia tinha sido terrível, diarréias incessantes, não havia mais futuro, você está falando com seu pai moribundo. Mas que não transmitisse essa notícia a ninguém, só eu podia compreender e aceitar o suicídio. Perguntei o que estava fazendo naquele momento: cheirando lavanda com que embebia um lenço, o único antídoto contra as diarréias. Respondi que a lavanda evaporava rápido. Por isso, umedecia novamente o lenço a cada instante. Percebemos posteriormente que a lavanda o tinha drogado. Mas era raro que a lógica se deixasse desbaratar pela lavanda, e meu pai opunha a razão a seu câncer.

A razão não agüentou até o fim. Nos últimos dias, as enfermeiras drogavam meu pai para aliviar as dores. No seu tranqüilo desvario, suas mãos passeavam pelos ares como funâmbulos enevoados. Agora, a morte irremediável e iminente, pânico e solidão apoderam-se dele. Ficávamos longos momentos a sua mão na minha e, de tempos em tempos, ele repetia com doçura: "estamos bem, assim, nós dois, só você e eu".

São Paulo/Porto Alegre, julho 89/janeiro 90

Posfácio

Aquele rapaz

Roberto Schwarz

Nada mais francês pela filiação do que o livro de Jean-Claude Bernardet. A primeira parte, passada na Europa, lembra os clássicos da *Nouvelle Vague*, com a poesia das amizades de colégio, a precariedade material e a intensidade moral do pós-guerra. Também decisiva e francesa é a tradição literária das confissões do inconfessável, para a qual o valor da arte não se separa do risco — em sentido forte — incorrido na procura da verdade pessoal, sobretudo no terreno do sexo. Uma tradição que busca a garantia de relevância artística, e até de realidade, no sentimento da ameaça que paira: só o que expõe o escritor ao castigo social, para não dizer à sanha da ordem, merece ser escrito. Faz parte dessa poética o desdém pela estetização literária, sempre uma atenuação. A dignidade das letras manda fixar a matéria proibida com a objetividade e o despojamento possíveis, regra severa, de que a provocação não está ausente. Um dos mestres desta linha, Michel

Leiris, adota o símile da tauromaquia: o trato rente com o perigo — a realidade no que ela tenha de mortal para o desejo do indivíduo — confere distinção humana à movimentação do toureiro ou do literato.*

No livro de Jean-Claude a prosa se encontra sempre sob pressão. O narrador quer falar de um rapaz — aquele, mas aquele quem? — que não vê há décadas, se é que o deixou de ver, e talvez o veja constantemente. O rapaz, que os outros dizem efeminado, seria um companheiro de escola, cujo nome escapou? Possivelmente fosse o amigo decisivo, com quem se identificava, ainda que, salvo engano, sem lhe ter simpatia, ou quem sabe lhe tendo repulsa? Ou "aquele" rapaz seria ele próprio? A certa altura, do fundo de seu desconcerto (qual?), o menino pede socorro à professora de latim: quer salvar-se? E se pelo contrário quisesse obsequiar a família bem pensante, que reconhece na professora a estimável sobrinha de um figurão da república? Como saber no caso se quem falou de dentro dele e tomou a iniciativa não foi o pai em pessoa, seu arquiadversário? Para explicar a afinidade com o amigo, o narrador lembra os sofrimentos em comum, pois ambos eram filhos de pais recém-divorciados. Contudo o mesmo parágrafo diz, linhas adiante, que o foco da identificação estava nos modos femininos do colega e na caçoada que eles suscitavam. Explicações podem funcionar portanto como tapumes, e semelhanças e angústias po-

---

* "De la littérature considerée comme une tauromachie" (1945), publicado à frente de L'Age d'homme, do mesmo autor. Paris, Gallimard, 1986. Edição brasileira: "Da literatura considerada como tauromaquia". In: *A idade viril*, trad. de Paulo Neves, São Paulo, Cosac & Naify, 2003.

dem não ser as designadas abertamente. Pessoas, fatos e motivos estão envoltos em incertezas vertiginosas, através das quais o narrador se procura (e expõe).

A narrativa começa um pouco desajeitada, com palavras modestas, sem entonação artística ou perfil forte: "Queria falar de um rapaz [...]". Falar, aqui, não será inventar; será lembrar, ruminar, vacilar, relatar, tudo preso ao conflito da autodefinição, um gênero literário também ele pouco definido. Naturalmente o acento biográfico pode ser um artifício ficcional. Mas ainda que seja, a situação de auto-exame traz consigo a regra da veracidade, o movimento de verificação interior e retificação, que cortam as asas ao romanesco. Assim, dada a exigência antiescapista, há propriedade crítica na aparência algo informe da exposição, na relativa falta de acabamento sintático e vocabular, na inflexão francesa do português, e sobretudo no caráter mais indicativo que realizado dos episódios, como que afirmando a primazia do problema, da intensidade e da inquietação moral, que são o que importa e torna secundárias as demais considerações.

Por outro lado, num paradoxo interessante, o viés conteudista e o gesto quase de depoimento andam acompanhados da panóplia formal do romance moderno. Aí estão a dúvida quanto à identidade da pessoa, as frases que mudam de sujeito a meio caminho, a composição heterogênea do presente subjetivo, onde os diferentes passados não se articulam conforme a cronologia, e aí está a relevância pessoal dos fatos, discrepando por completo do razoável. Entretanto, longe de serem rupturas com a convenção narrativa, pertencentes ao âmbito exclusivo da arte, estes prismas funcionam como os recursos necessários ao homem comum que busca a si mesmo. É como se o livro de Jean-Claude nos dissesse, sem alarde, que o passar dos anos pôs à mostra a dimensão referencial e realista da revolução formal da arte moderna... No mesmo espírito, as personagens são designadas sumariamente como o pai, a mãe, a madrasta, o amigo, os empregados etc., dispensando os nomes e reduzida a pouca coisa a particularização. Embora o ponto de mira seja uma configuração pessoal, cuja realização na vida custará atritos infernais, além de tenacidade notável e coragem, a sua estrutura é genérica, não autorizando maiores ilusões de individuação. Também a audácia kafkiana de reduzir um homem ao anonimato de uma função, ou da letra K, entrou para o consenso, e a mais atormentada luta pela particularidade subjetiva se resolve em fim de contas numa ou noutra variante de funcionamentos psicanalíticos e sociológicos. Nesse sentido, a narrativa assimila com muita conseqüência as conquistas e desilusões do século, donde a sua consistente modernidade artística. Não custa assinalar, por fim, num país de sexualidade gregária e publicitária como o Brasil, a novidade benfazeja do tom do livro de Jean-Claude. Até onde posso ver, o exame de consciência ateu, alheio ao espalhafato e ao glamour, mas com a coragem do desejo individual, traz uma dimensão literária que falta à nossa cultura.

Sobretudo nas partes iniciais, a tensão dos episódios decorre de proibições, obrigações, suspeitas, que formam o traço de união meio oculto entre as anedotas. Estas são heterogêneas e breves, alinhadas em grupos de três, quatro ou mais em cada parágrafo. Compõem um fluxo acelerado, deliberadamente sumário na sua indiferença a contrastes violentos: por exemplo, as perplexidades do colegial estrangeiro diante do sentido das palavras brasileiras ou diante do quarentão que o apalpa no bonde lotado são mencionadas num mesmo fôlego e a mesmo título. A equiparação escandalosa é operada pela homogeneidade do tom, por certa clareza geral, e naturalmente pelo ritmo de um mundo interior específico. Tomadas nelas mesmas, as microcenas pareceriam peças de uma reconstituição de época. Entretanto, à medida que seu denominador comum aflora, arma-se outro temário mais abstrato, em torno da coerção, da resistência ou da adesão a ela, envolvendo os funcionamentos efetivos e não canônicos da norma.

As imposições com que a personagem se defronta são variadas: formar fila na escola, decorar declinações latinas, guardar segredos, segurar os gases em sociedade, melhorar a caligrafia, não conversar a sós com os coleguinhas, provar coragem física ao pai, chamar de mamãe à madrasta etc. A relação do menino com o mundo das injunções não se resume contudo em rebeldia. Sirva de exemplo o alívio paradoxal que lhe trazem a disciplina do internato e a vaia dos colegas, que prefere à pressão da família nos fins de semana. Em certa ocasião o cachorro da casa o impede de abrir o armário para pegar um chocolate; é o mesmo cachorro bravo perto do qual o menino se sente protegido, em segurança para dormir. Pelo visto há pressões providenciais, que encobrem outras mais temíveis.

No caso, a chave da relação complexa com a coerção está na homossexualidade que não se conhece. Esta sobredetermina tudo. Por exemplo, o menino encara com desânimo infinito as exigências da caligrafia ou do solfejo, pois sente que no essencial o desempenho conforme não será para ele. Pelas mesmas razões pode olhar as regras com perplexidade verdadeira, de marciano, ou com revolta, ou ainda com distância crítica. Pode também acatá-las, para se acolher à sua sombra, ocultar-se de si e dos outros. Como é natural, essa distância irreparável entre o movimento espontâneo e a vida normativa se traduz por irrupções inopinadas. Num passo brusco, o menino põe na boca um peixe vivo, que acaba de pescar, deixa que se agite, e surpreende-se a si mesmo ao parti-lo em dois com uma dentada. Analogamente, as histórias que imagina escrever têm uma estrutura comum: os seus sentimentos não devem ser expostos, mas haverá uma cena que os sugira, "sem ter nada a ver com o enredo".

A guerra no escuro toma feição mais seguida e consistente no atrito com os "assim chamados" pais. Assim chamados, porque o menino não reconhece à madrasta a legitimidade de mãe e se sente traído pelo pai. A "traição" lhe dá o direito de desautorizar a autoridade, questioná-la, hostilizá-la, e, no limite, colocar-se como o pai de seu pai. A conjugação desse direito com a outra culpa engendra uma das constelações características do livro. O pai não merece que o filho confie nele e muito menos que lhe revele o melhor amigo, o que permite ao filho cheio de razões castigar o traidor por meio da mentira e, no mesmo passo, esconder a si mesmo o caráter particular de sua amizade. Está latente a hipótese complementar, na qual a revelação do caráter da amizade seria uma bofetada no pai, ou ainda, na qual a bofetada no pai traria a revelação da sexualidade do filho. A ansiedade envolvida nesse jogo é intensa e vai crescendo.

Dado o ângulo, recebem destaque quase exclusivo o convencionalismo, os preconceitos e a disposição repressiva da família burguesa, travestidos de racionalidade, não sem comédia. Entretanto, o conjunto pode ser considerado também em termos mais nuançados. No caso trata-se de uma família que pratica uma espécie de conformismo discutidor, com o inevitável trejeito das racionalizações, que no entanto não se confundem com a imposição autoritária direta. Andar com jóias na praia é afetação? O cinema americano é ridículo? A sociedade desaprova gente "assim"? O farisaísmo das perguntas, juntamente com a veneração pela música e pelos livros, não impede que façam parte do espaço onde se constitui a liberdade própria à civilização burguesa, com o foro interior que ela supõe. É interessante notar, nesse sentido, a variedade nada unívoca dos papéis desempenhados no livro pela *reserva*. Desde cedo as crianças aprendem a guardar o segredo necessário a surpresas festivas. Mas o menino cala igualmente para negar obediência ao pai, para castigá-lo, para se defender e, também, para não ter a revelação de si mesmo. Durante a Ocupação, cala ainda para esconder as visitas noturnas do mesmo pai, que luta na Resistência. O pior da traição paterna, por fim, consistiu em pedir silêncio ao filho sobre uma viagem a Paris, pelo Natal, sob pretexto da tradição familiar das surpresas: na verdade tratava-se de apresentar as crianças à futura madrasta. Em todos os casos o silêncio constitui uma força e algo como um direito, usados para o bem ou para o mal, o que dá uma versão instrutiva e não idealizada do aspecto fechado da compostura burguesa. Aliás, no diário do pai — outra forma de reserva — o menino lê às escondidas o elogio de seu próprio caráter taciturno e concentrado, sinal de seriedade e augúrio de bom futuro. E de fato, um dos focos da narrativa está na acumulação dos impasses e das razões que, somando-se, a certa altura permitirão afirmar uma identidade discrepante, além de refletida e combativa, sem que haja necessidade de ruptura violenta — o oposto, em fim de contas, do autoritarismo.

Voltando ao conflito, ele se solucionará anos mais tarde, já no Brasil, depois de se acentuar muito. A oposição à família agora alcança tudo, e vai da preferência pelos pais dos outros à incapacidade de passar em exames, à tentativa de suicídio, ao gosto por Picasso, Baudelaire e Prévert, numa guerra acerba, mas dentro de limites. A pressão do sexo funde numa proibição só todas as regras, qualquer uma das quais, mesmo fácil de contornar, parece resumir a reprovação da própria liberdade de ser; assim como qualquer liberdade tomada adquire ressonância exaltante, aludindo a um não-dito explosivo. Uma experiência com ácido lisérgico traz o desenlace. O rapaz vê rosáceas, tudo se organiza em círculos e semicírculos, certo quadro examinado na Bienal lhe vem à mente, quadro em que uma mancha rosa-aveludada se desenha sobre fundo cinza, a mancha pulsa e adquire volume, lembra a forma de um ouriço, "sem os espinhos", e seu movimento peristáltico, passando ao corpo da personagem, faz que esta tenha um espasmo. Salvo equívoco, as figuras são do ânus. A experiência é da ordem de um renascimento radical, se é possível dizer assim, na qual o filho é mãe e pai de si mesmo: "Digo-lhe [ao médico] que tinha nascido de novo, que tinha me nascido".

Trata-se de uma vitória, pois a nova relação com o círculo tanto organiza como liberta. Permite "confiar em minhas emoções que, por mais arrebatadoras e incompreensíveis que fossem, tinham uma lógica interna. A partir daí passei a combater o círculo e evoluí para o labirinto e o fragmentário". Embora recôndito, há humorismo na formulação, pois o leitor atento não deixará de se perguntar a que partes da anatomia humana os dois últimos termos, tão da moda, correspondem. Retomando as revelações trazidas pelo círculo, este oferece uma explicação das duas experiências artísticas mais fortes, quase extáticas, antes descritas no livro. Assim, o que havia deixado fora de si o menino no cinema não fora a viuvez de Lady Hamilton, nem a morte de seu Almirante Nelson, mas o salão em semicírculo, cujas cortinas se fechariam em seguida, onde a dama — Vivien Leigh — se encontrava ao receber a notícia. Do mesmo modo, n'*A morte do cisne*, "o que me fascinava não era a morte, nem a queda final, nem a trajetória que a bailarina tinha de percorrer para alcançar o ponto do palco onde cairia, eram os círculos que descrevia antes de cair, é nesses círculos que começa o definhamento do cisne". Também quanto ao futuro, a iluminação propiciada pelo ácido lisérgico é o ponto de virada na vida. A nova consciência de si e do passado desarma o dispositivo do conflito e abre um movimento de reconciliação com os pais e o mundo.

Círculos, semicírculos e rosáceas no caso são figuras de geometria, mas têm existência igualmente no corpo empírico, além de darem visibilidade à aspiração profunda de um indivíduo e tornarem inteligíveis momentos cruciais de sua vida imaginária. Com a irrupção daquelas formas, o menino das primeiras páginas, desastrado e fora de esquadro, como que entra em novo foco. O que era resistência informe adquire contorno e afirma seu direito de cidade. Nesse sentido há um nexo de emancipação e realização pessoal unindo o momento da revelação aos sofrimentos anteriores. Uma espécie de historicidade interna, com radicalização de conflitos, ponto alto na tomada de consciência e, a seguir, aquisição de liberdade em relação a um mecanismo repetitivo, ao qual a personagem se vira obrigada a oferecer sacrifícios sem fim à vista.

Como entender o episódio, claramente central? A diversidade drástica dos âmbitos, dominados por um elemento *formal* em comum, lhe empresta interesse de *exemplo teórico* — um estatuto ficcional peculiar —, possivelmente em linha com o sentimento estruturalista da vida.* De fato, como o leitor do ensaísmo estruturalista reconhecerá, o intuito de associar matematização, zonas erógenas, teoria estética e atitude subversiva, tudo ligado ao esvaziamento do tempo, é muito da ideologia francesa daqueles anos. Mesma coisa para a associação entre as aspirações ao requinte máximo e à naturalidade também extrema, em princípio contraditórias. Que pensar da afinidade entre a reação química (o ácido), as formas geo-

---

* Agradeço a observação a Vinicius Dantas.

métricas (extramorais e universais por excelência), a fascinação estética e o êxtase sexual proibido? Sob o signo da natureza, ou da estrutura, que é indiferentemente natural e cultural, está sugerida uma idéia naturalista de inocência, inesperada em face da temática maldita... Mas observe-se que também na perspectiva contrária — ligada ao terror do tabu e aos poderes em parte sórdidos que compõem o conflito — a nota inocente aparece. Ela decorre do caráter muito rarefeito da historicidade, com seu ponto de inflexão dialética na consciência do... círculo.

Esta última, visto que o livro não esquiva ocasiões cruas e vexatórias, não pode ser tomada como um eufemismo estratosférico. Trata-se de uma concepção ousada, polêmica a seu modo, que isola do restante o curso profundo das coisas, o qual se realiza à margem e a salvo de terremotos históricos tais como a Segunda Guerra Mundial ou uma atribulada emigração transatlântica, que têm papel apenas de bastidor. Primeiro na França e depois no Brasil, assistimos a um movimento estrito, que se realiza em circuito fechado, indiferente às situações, movimento cuja fixação é o objeto de primeiro plano da narrativa. Do ângulo literário, contudo, esta linha de unidade não prevalece de modo total, e algo da verdade e poesia do livro resulta do que escapa a seu controle. A obsessão da consistência interior é um traço da personagem, bem como uma regra rigorosa de composição artística, mas não deixa também de ser encenação de si mesma, quando então assume significações imprevistas, contracenando sobre o fundo mais amplo, entre outros ritmos e outros referentes.

Enquanto termina a guerra, começa a história do rapaz, toda voltada para dentro, movida a força de desadaptação e desconforto interior. A estranheza em relação ao mundo histórico tem realidade palpável, pois as anedotas comportam sempre uma pincelada de época — penteados americanos, a voga dos divórcios, os novos maiôs, a bomba *schrappnell* —, a que o foco moral, que dá continuidade à narrativa, parece indiferente. A ligação entretanto se faz por vias travessas, e o ângulo subjetivo não impede que desde o início o leitor tenha o clássico sentimento realista da sociedade francesa. O menino desajustado, que não se acomoda à definição corrente dos sexos, mas reprova e quer castigar o pai, está menos só do que pensa. Embora isso possa surpreender, o seu debate interior soma com a alegria postiça e decorosa da vida familiar, com os pensamentos cediços suscitados pelos "novos tempos", e também com o antagonismo e ressentimento, sem esquecer o desejo de punir, gerais entre os adultos. São expressões do caráter argumentativo — de que em sociedade burguesa se revestem a repressão e o juízo de gosto. Como na ficção realista, o entrelaçamento conflituoso da solidão moral e das relações sociais se projeta sobre a paisagem, com a qual compõe um mundo consistente, cheio de ressonâncias. Este permite, por exemplo, a poesia das cenas em que a amizade malvista faz frente tanto à reprovação geral como também ao frio e à umidade de um triste pátio de colégio francês no inverno, que reforça as demais adversidades. Um belo contraste é dado pela primeira visita a Nice, quando as palmeiras e a doçura do clima mediterrâneo despertam no menino uma excitação absoluta, "sem continuidade com o enredo".

A vinda ao Brasil suspende esta correspondência entre a vida interior e a sociedade à volta, fazendo que o sentimento correlato de plenitude romanesca desapareça. A não ser que a falta de continuidade com o novo ambiente tenha, por sua vez, força realista. É o que ocorre, e a determinação sem quartel com que os membros da família continuam iguais a si mesmos, fechados e ciosos de ter razão, oferece uma boa imagem do insulamento patético do emigrante. Melhor, na ausência do contexto próprio, e da configuração de um outro, o aguerrimento cheio de razões do europeu educado deixa entrever o seu componente despropositado, maníaco, algo como um impedimento quase insuperável. A reprovação moral recíproca entre franceses perdidos na Praia Grande; a certeza de que o mecânico mulato, embora aplicado e inteligente, no fundo não saberá trabalhar bem; a dureza com que o pai prefere passar fome com a família a deixar de ser patrão e procurar emprego, tudo isso não deixa também de ser exótico, a despeito da presunção de racionalidade. Sem propósito de crônica ou cor local, são episódios em que a tão buscada lógica interior, e, com ela, o padrão da burguesia européia, mostram outra face, com muito poder de revelação.

Vimos como o rapazinho se debate no espaço confinado e pessoal das inclinações culposas. Os seus sofrimentos ainda assim têm alento libertário, pois reagem, com a força da incapacidade para o conformismo, a aspectos substantivos da repressão social. Lá estão o arbítrio paterno, disfarçado de racionalidade, a hipocrisia das famílias, o preconceito de classe e raça, as prescrições e proibições em matéria de amor, as preleções edificantes, o horror à arte moderna etc. A certa altura, com a revelação da consistência profunda de sua vida, que deixa então de lhe parecer uma coleção de desvios erráticos, a personagem se põe fora do alcance daqueles mandamentos. Contudo e de modo significativo, o resultado principal desta nova liberdade não será mais que um teor acrescido de tolerância, que permite a reconciliação, dentro de certo sentimento de superioridade, com a madrasta e o pai, a quem o rapaz agora maduro ajuda a morrer. Ou seja, a força tão penosamente adquirida se aplica em âmbito sobretudo privado, com forte efeito de anticlímax. Dizendo de outro modo, as energias de toda ordem, morais, intelectuais e outras, formadas na luta contra um preconceito basilar, se esgotam de maneira intranscendente. Na mesma linha, note-se a parcimônia e a falta quase completa de conseqüência para a narrativa com que aparecem, aqui e ali, indicações referentes à história política do século: o fim da guerra, a retirada dos nazistas, o pai que lutou na Resistência, a mãe que possivelmente se entregava a alemães (um pormenor que dá mais repercussão à ambivalência do menino na sua queda pelo lado maldito), e, muito mais tarde, o nacionalismo primário e complexado da burguesia argelina, além da presença de brasileiros em Argel, salvo engano os exilados de 64. O tratamento sumário dado a estas indicações responde, à distância, ao já notado efeito modesto da emancipação da homossexualidade, com o qual compõe uma figura. Através desta o livro alude ao tempo e nos diz que episódios tremendos, em que se desencadearam forças e esperanças máximas, acabaram por se reduzir a marcas na vida privada.

ESTA OBRA FOI COMPOSTA PELO ACQUA ESTÚDIO EM MERIDIEN E FOI IMPRESSA
PELA GEOGRÁFICA EM OFSETE SOBRE PAPEL PÓLEN BOLD DA COMPANHIA SUZANO
PARA A EDITORA SCHWARCZ EM OUTUBRO DE 2003